やさぐれ長屋与力

剣客 三十郎

早瀬詠一郎

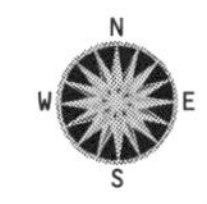

コスミック・時代文庫

この作品はコスミック文庫のために書下ろされました。

目次

一　筆おろしは吉原

一

　浅草阿部川町（あべかわちょう）の紅梅（こうばい）長屋に、千住宿（せんじゅしゅく）の在から月二回やってくる肥汲（こえく）みが威勢よく声を上げた。

「今年も、世話ンなるで」

　裏長屋のドン突きは、差配の家と知っての挨拶だ。武州訛（なまり）は荒く、新参大家の顔をしかめさせるものだった。

「どこの野郎か知らねえが、名乗りもせずに世話とはなんだっ」

「あんれまぁ。大家さんとことは、ちがうべよ」

「んだ。それじゃ隣だべ」

　勝手知ったる長屋とばかり、肥汲みに来た百姓ふたりは、隣の戸を開けようとした。

「開かねぇ」

「傾きが酷い勾配長屋だで、蹴って開けるだよ」

「いや、釘が打たれてる……」

「釘を打ちつけておるてぇとなれば、年が改まっても大家なしの長屋だ。汲み取り代は、今日も家主さんとこだべ」

ガラッ。

戸を乱暴に開け、三十郎が顔を覗かせた。

「汲み取り代と、申したか」

「へえ。年の瀬に来られなんだで、あふれさせちゃなんねぇと、朝いちばんに来てやった」

「来てやったぁ？　百姓ごときが、大層な口の利きようであるな」

睨んだ。

「お、お役人さまで……」

斜めに傾いだ長屋から出てきた男が、奉行所同心の小銀杏を結った侍と知って、
百姓は棒立ちとなった。

長屋の名は紅梅と銘打つものの、その正体は勾配で、子どもの手毬を置くだけで転がり、朝起きると蒲団ごと壁際に押しつけられている裏店である。

そこから町方同心が出てきたのであれば、知らない者はおどろくばかりだろう。

「大家が侍であってはならぬとの、ご定法はない。俺が、大家だ。汲み取り代を、置いて参れ」

「…………」

百姓ふたりは顔を見合わせ、どうしたものかと考えている。というのも、当節は脱藩志士を騙った浪人が、市中で乱暴狼藉を働いているからだ。

長屋の肥汲み代は、大家の取り分と決まっていた。

といっても、大家と名乗った侍は見るからに役人である。それが手を出して銭を寄こせというのが、分からない。

「済まんことだけんど、ひとまず家主さんとこへ、挨拶かたがた──」

「分からんのか。侍の大家だ」

「けんど、お役人さまがこんなところに」

「成程かような裏店ではあるが、こうして住んでおる。さぁ、肥代を出せ」

掌を上に、寄こせの手つきは押込み強盗ふうで、一文でも出せば懐の有り銭をすっかり取り上げられそうに思え、ふたりはうなずきあうと一目散に走りだした。

「待てっ、待たんか」

　失せてしまった。

　肥桶がふたつ、長屋口に置かれたまま臭いを立てはじめた。

「おはようございます。大家さん」

　長屋の店子女房おまちが、洗い物を手に出てきたとたん、鼻をつまんだ。

「やだ、汲んだまま蓋もしてないじゃないの。汲み取り屋さんは……」

　逃げてしまったとは言えず、三十郎は厠のどこかにあるだろうと蓋を探しはじめた。

「あらまっ。大家さん、肥汲みもなさるんですか？」

　片頬が皮肉めいて笑っているのが分かり、三十郎はムッとして言い返した。

「誰が好きこのんで、おまえたちの放り出したものを汲むっ」

「でも、お小遣いが足りないって聞いてます」

「馬鹿者。御家人紅三十郎、痩せても徳川家臣なるぞ。汲み取りの端銭など、猫にくれてやる」

「すみませんねぇ。それじゃ、ニャァ」

「…………」

出された手が招き猫になって、三十郎は思わずうなずいてしまった。

家主の金右衛門おたね夫婦が、肥汲みの百姓を伴ってあらわれた。

開口一番、おたねが呆れた声を上げた。

「やっぱり侍大家が、揉めごとの種だわよ。追い出さないと、この先もっと面倒が起こるわ」

「婆ぁ。揉めごとの種とは、なんだ。お奉行遠山さまの計らいで、貧乏長屋の差配をしてやってるんだ。有難く思えっ」

「なんだろまぁ、威張りくさって。奉行所を追ン出された小役人が、大口を叩くなんざ十年早いね」

侍大家と家主の女房がする口喧嘩を、百姓ふたりは気がふれた長屋かと膝をふるわせた。

金右衛門が口を開き、笑いながら言った。

「おまえさんたち、怖がることはありませんよ。世の中は、大きく変わりつつある。この裏店も、遠くない内にご近所と同じ表長屋となります。これが改革事始めというものだ」

「左様で……」

武州千住の百姓でも、近海に異国の黒船が頻繁に出没しているとの話を耳にできる嘉永六年である。

ドカンと一発大砲を食らえば、支え棒でなんとか倒れずにいる勾配長屋など、轟音だけで崩壊するだろう。

百姓ふたりは顔を見合わせ、うなずいた。

「こら。そこの肥汲みども、桶の蓋をせんか」

「あ。忘れてましたで、済まんことを」

蓋は芥溜の脇にあった。

「それと、汲み取り代を置いて参れ」

三十郎のひと言と同時に手を出したのは、大工手伝いの弥吉女房おまちである。

「武士に二言なしなのだそうで、あたしが今月の分をちょうだいすることになりましたぁ」

「でしたれば、桶二荷の大盛で三十五文でごぜぇます」

「ちょっと待て。桶二杯なれば、二十文であろう。盛りがよくても二十と五文であったはずだが」

　大家の三十郎は、肥も値上がりしたのかと問いただした。

「いいえ。昔から変わらず、一荷十五文だでよ」

　百姓はキョトンとした顔で、首を傾げた。

「おかしい。江戸では、ひと桶十文と決まっておるぞ」

「武家と町家、同じじゃねえだがね」

「なぜ。それも武家のほうが安いとは、赦せんっ」

　憮然とした三十郎に、百姓のひとりはニンマリと笑った。

「お侍ぇさまに申すだが、肥ちゅうもんにも松竹梅の等級がありますでね。旨い物を食って放り出すのは松、並の物なれば竹、食うや食わずの家が梅。滋養は、出す物によるだよ」

「八丁堀におったが、十文だと申すのか」

「あそこは確か、十八文のはずだ。大店の母屋と同じだべ。けんど、大名屋敷の藩士のとこや御家人邸は、十文。ろくな物食っておらんでの」

「アハハ、そぉらみろ。侍だなんて威張りくさってるから、お百姓にまで舐められてるんだ。ざまぁないね」

声を上げて満面の笑みとなったのは、家主の女房おたねである。三十郎に立つ瀬がなくなったのは、言うまでもなかった。

侍は町人から馬鹿にされている江戸とは聞いていたが、近在の百姓にまで蔑(さげす)まれているとは考えてもいなかった。

おたねの大笑いを潮どきに、百姓たちは桶を担ぎ上げて帰り、三十五文を手にした長屋女房は足取り軽く家に入っていった。

家主の金右衛門が首の後ろに手をやりながら、説教じみたことを口にした。

「世の中に決めごとなんてものは、あってなきがごとしですな。百万石のお大名から、三俵一人扶(いちにんぶ)ちのお侍までだけが、昔のまま。ところが江戸の町なかじゃ、今の肥汲みから夜鳴き蕎麦(そば)の十六文まで、日によって値が変わる。お武家さまが取り残されるのも、無理ないことですなぁ」

「そうは申すが、政(まつり)ごとを司るのは武士であろう」

「はいはい。そうでございました」

軽く往(い)なされた三十郎である。

雇われ大家の三十郎は、湯屋の番台という嬉しいような厄介(やっかい)な仕事を兼ねていた。

が、なにを隠そう南町奉行所の、与力なのだ。もっとも、与力見習でしかないのだが。

一年前まで、武州秩父で代官手代として励んでいた御家人だったが、与力だった長兄の急死で、八丁堀役人として紅三十郎へ白羽の矢が立った。

顔だちそのものが濃い眉と立派な鼻、性格もまたそれに似て不粋で糞真面目となれば、奉行所内では鼻つまみ者となっていた。

おっつけ各部署をたらいまわしにされ、とうとう奉行の遠山左衛門から呼び出しを食らった。

「紅。そなたには当分のあいだ、市中目付心得を命ず」

「となりますと、影目付でございますか」

三十郎は、遠山がちがうと言う前に、ひとり合点をして悦に入った。

遠山は三十郎が堅物すぎるのを、江戸の水で洗い流して参れと言いたかったのだが、あまりの悦びようにことばを失ったのだ。

八丁堀の組屋敷に妻子を残したまま、三十郎は市井の裏長屋に入ったのである。

しかし、長屋の店子を差配する大家が、無給だとは知らなかった。家主の金右衛門に言われた。

「雨露を凌(しの)げる家に、ただで住めるのです。紅さまは、八丁堀のお役人ではありませんか」

「とは申すが、拙者(せっしゃ)の俸禄は妻子のほうへ」

「でしたら、八丁堀へ行き半分なりとも頂戴して参ればよろしいでしょう」

　金右衛門に言い返されたものの、一年間は一歩たりとも組屋敷への出入り、ならびに妻子との逢瀬(おうせ)はならぬと奉行に言い含められていた。

　幕臣たる者が浪人同様の傘張りをやれるものではなく、人伝手(ひとづて)に湯屋の仕事をもらったのだった。

　堅物の三十郎に助平(すけべ)ごころは起きず、それなりに調法がられてはいた。俗に、湯屋番。男ならば誰もが一度は上ってみたいところだ。

ところは浅草阿部川町。寺町に囲まれた一帯は、それなりの町家で貧乏人は少ない。

　商家の若女房から、芸者、小町娘、ときに囲われ者などがやってくる。それが一糸(いっし)まとわぬ姿でいるのが、三十郎が働く亀の湯だった。

が、聞くと見るとは大ちがい。女湯は婆(ばあ)さんばかりで、婀娜(あだ)な女はまず来ない。

三十郎は湯屋の主人に訊ねた。

「亀の湯は、長寿の薬を混ぜておるのか」

「ちがいますよ。番台のお侍さんが、鹿爪らしくて野暮すぎるんです」

「野暮とは聞き捨てならぬ。この俺、のどこが」

湯屋の主である吉兵衛は笑いながら、三十郎の頭から足先までを見込んできた。

「まずは、そのお召し物が浅葱裏でございましょう。江戸じゃ、田舎侍と見下します。次に強面のお顔は、置き引き盗っ人は尻尾をまいて退散しましょうが、湯屋でゆったり手足を伸ばしたいお客は長居したくない」

「とは申すが、婆さんだけは大勢やってくる」

「年寄りは、眼が利きませんですから」

これが湯屋番のはじまりだったが、やがて三十郎に手を加えようとする者があらわれた。

「番台に侍がすわっちゃ、誰も行きたかぁねえや」

「ならば町人に、仕立てちまいなよ」

吉兵衛の従兄は、猿若町の芝居小屋で床山をしている伊八だった。

「聞くところによりますと、お奉行遠山さまの命を受けての影なんとやらなんでございましょう」

「しっ。声が高い」

「でしたら、町人に身を窶すのがようございます」

言うが早いか、侍髷は町人髷に結い直され、あろうことか太い眉は剃られてしまった。

芝居町の者ゆえの、付眉が貼られ、豆絞りの鉢巻が頭にのると、魚屋に化けていた。

思いのほか、二枚目だったことに当人もおどろいた。

町の噂は風よりも早く、たちまちの内に女湯に人があふれた。

「一心太助が番台にいるわよ」

なにがなんだか、分からない。

以来、役者のように姿かたちを変えられた。

魚屋を皮切りに易者となったり、町奴、浪人者、医者、俳諧師、幇間などなんにでもなれる役者面と煽てられた。

そして今、町方の与力ながら同心の姿となっている三十郎だった。

「おれは、奉行に託された影目付。乞食にだって、なってみせよう」

勇ましいことばだが、三十郎はいまだ侍の矜持を捨てられないでいる。

二

亀の湯は、目と鼻の先。紅梅長屋を出た三十郎の腰には大小と十手があり、着流しに黒羽織。どう見ても八丁堀の同心だが、腰にあるのは芝居の小道具竹光だった。

本物は遠山の内与力、高村喜七郎に取り上げられていた。

「お奉行の、深慮遠謀なるぞ。かつて遠山さまは金四郎と名乗り、市井にて民百姓の心を摑まれた。おまえも――」

「はっ。紅三十郎、身命を賭してお役目をまっとう致す所存」

頭を下げた三十郎に、喜七郎が呆れ顔をしたことまで分かるはずはなかった。

――それにしても、竹光とやらの芝居道具は軽すぎていかん。

歩くたびに足が跳ねてしまいそうで、三十郎はなんども帯に手を当てた。

湯屋の入口に、紅梅長屋の住人がいた。名を徳松、商家の勘当息子である。今年十九になる軟弱者は、女遊びが過ぎたことで裏長屋に住まわされていた。

人が好い上、大店の伜らしい鷹揚さは人受けもよい。武家にはまず見られないのが、この手の坊やだった。

「早くから湯屋へ来るなんざ、これから女に逢おうって魂胆か」

「……。当たらずも、遠からずってやつです」

徳松にしては明るさが失せて、心なしか沈んで見えた。

「なんでもいいが、入れ」

今朝の湯屋に客は少なく、暇な年寄りばかりの男湯だった。

「紅さん。話を聞いていただけませんか」

大家でなく紅と、いつもとちがう呼ばれ方が気になる。

そればかりか徳松に袖を引かれたのが意外で、脱衣場の隅に連れて行くと三十郎は、他人の相談ごとを聞いてやれる器ではないと知っているのかと言い返したくなった。

「銭ならないぞ」

三十郎は先手を打ったが、徳松は分かってますと力なくうなずいた。

「長屋にいた玉之介さんの話、聞いてますよね」

「うむ。博打場で仕切り役をしていたのを、町方の手入れでお縄となり、江戸十里四方追放となった」

「年の離れた若い女房、おしほさんのことは」

「おまえさんと一緒に、踊り子となったのは観に行ったとおり。そのあと一座を組んで、田舎まわりをしているはずだ」

「今の亭主が、誰だか知ってますか」

「いるか？　新しい亭主」

「按摩の粂市さんところにいた留守番の、寛吉さんです」

「ええっ。あの寛吉が──」

知らなかったが、あり得ることだと合点がいった。

玉之介は江戸で五本の指に入る料理屋の番頭だったが、ふと立ち現われた若い娘おしほに魅入られてしまい、なさぬ仲となった。

古女房の画策によって料理屋を追われ、三十郎の差配する紅梅長屋の店子となると、おしほを呼び寄せ暮らしはじめた。

が、銭に困った。料理屋の銭箱から売り上げが失せ、その一部を返済しなくてはならなかったからである。

返済するため、玉之介は実入のよい賭場で働いた。が、捕えられて追放となったのだ。

そこまでは八丁堀の役人から、聞くことができた。しかし、その後のことなど、知りようがなかった。

「おれは江戸を出た玉之介と出逢うために、おしほが旅一座を組んだと思っていたが、寛吉とどう関わったんだ」

「一座を組んで旅に出るには、銭が必要となります。寛吉さんが、出したそうです」

「あっ」

三十郎は、粂市が騒いだのを思い出した。床下に隠しておいた五両を、留守番の寛吉が持ち逃げしたというものだった。

五両もあれば、一座を組める。それを手に寛吉は、女に言い寄った。おしほにしても、親ほど年の離れた玉之介より、若い男がいいに決まっている。

「聞いた話ですが、おしほさんと寛吉さんの仲は上手くいっている上、旅の一座も人気だとか」

徳松は実家の番頭から聞いた話を、羨(うらや)ましそうにつぶやいた。

「貧乏籤(くじ)を引いたのは、玉之介ってわけかな」

「そうは思いません。みんなそれなりに、いい思いをしたんです。強いて言うなら、五両盗られた粂市さんが空籤ですかね」

「粂市にとって、五両など痛くもなかろうに」

「ですよね。もうじき座頭の官位がいただけるそうですから」

気のない返答をする徳松がなにを言いたいのか分からず、三十郎は目を向けた。

三十郎を見つめる徳松が、かたちのよい口元を歪め、堰を切ったようにことばを放った。

「自分の懐にあるはずの女を盗られたら、どうなさいますか」

「玉之介のことか」

「そうですけど、三十郎さんならば」

「さて。どうしたものか……。武士の世界であれば、女敵討ちという不文律があり、寝盗られた夫は追わなければならぬ。が、それは妻女に限られる。ただし町人に女敵討ちはあり得ないばかりか、それが妾であっても、間夫は七両二分と聞く。銭で方をつけるのであろう」

人妻と密通する男を、間夫という。それがバレたとき、銭で解決しようという町人の、これも不文律のような知恵だった。

「そうではなく、心もちです。盗られた男の」

「困ったなぁ。そうしたことに遭ったときが、おれにはない」

「想ってください」

「無理やり男に犯(や)られたというのでないのなら、女の変節は仕方なかろう」

「へんせつ、というのは」

「心変わりってことだ。操(みさお)が堅いのはよいことだが、女とて今の男に飽きれば、より良い男と出逢うことで夢が見られるかもしれんしな」

三十郎は想いつきを口にしたが、外れてもいない気がしてきた。八丁堀に残る自分の妻女が男に走ったとしても、怒るどころか女敵討ちの申請もしないと思ったからである。

深刻さを眉根(まゆね)に見せていた徳松だったが、いきなり喜び勇んで着物を脱ぎ、湯舟に向かった。

笑って見える。思いが吹っ切れたとばかりに、手足が躍っていた。

「番頭っ。お客が来ましたよ」

声がして、三十郎は番台に上った。

徳松は亀の湯を出ると、その足で江戸の府外となる王子村（おうじむら）へ向かった。

親父から勘当を言い渡されてた去年、暗くなると泣いていた徳松である。

家が恋しいのでも、独りが淋しいのでもない。否も応もなく別れさせられた女が、幻のように甦（よみがえ）ってきたからだった。

春三月末、浅草阿部川町から西へ歩きだすと、なんとなく土くささが漂ってくるのは、繁華街を離れたためにちがいない。

向かう先は、王子村。

そこに想い想われした女が、待っているはずだった。

思い込んだら命懸けとまではならなくても、三十郎のひと言で、徳松の足取りは軽くなっていた。

ひと足ごと、あの晩のことが瞼（まぶた）に浮かんできて、頬が弛（ゆる）んだ。

女の名といっても、源氏名でしか知らない。吉原の遊女で、朝衣（あさぎぬ）。年は十七で、素人（しろうと）くささが嬉しく思えた。

なにを隠そう徳松は、その晩たった一人で吉原の見世（みせ）に揚がろうとしていたのである。

度胸がいいのではなく、あまりに向こう見ずだったのは、耳年増（みみどしま）でありすぎたからにほかならない。

あやしげな草双紙で廓のいろはを諳んじ、吉原細見なる名鑑で見世の格や花魁の評判を憶え込んでいた。

「これだけ知れば、筆おろしごときにビクつくことはない」

女といえば母親と乳母に女中しか触れていなかった徳松にとって、男となるのが大人への第一歩だった。

意を決した夕暮どき、親たちや店の者に気取られまいと、なに食わぬ顔を装ったつもりだったが、却って不審がられた。

「徳や。そわそわと、お腹の具合でもいけないのかい」

「おっ母さん。そ、そうなんだ。なにかに、あたったのかな」

「葛根湯を呑んで、横になっていないと」

「え、えっ。これから相模屋さんと、将棋をする約束が……」

「大丈夫かねぇ。途中でチビって、お洩らしなんぞしたら間抜けじゃないか」

「だから、替えの褌をね」

徳松は見世に揚がってから穿き替えるつもりで、新しいのを用意していた。これを見せ、ことなきを得た。

――廓でも女に恥をかかされることは、ないだろう。

みずからに言い聞かせると、一張羅（いっちょうら）の結城紬（ゆうき）に身を包んだ徳松は、実家を堂々と出た。

江戸に限らず、玄人女（くろうと）のいるところへ初めて行く男は、必ずといっていいほど目上の者に連れてってもらうものだった。

ところが、徳松はそれをよしとせず、最初から一人前を通そうとした。

大店の倅には珍しい矜恃（きょうじ）だが、それを商売に向けようとしないのは、若気の至りかもしれない……。


天下一の色里、吉原の入口が大門（おおもん）であることを知らない江戸っ子はいない。

徳松は裾（すそ）の埃（ほこり）を、いつも来ている客なのだと見せつけながら払った。が、心ノ臓は喉（のど）から飛び出るかと思えるほど、鼓動（こどう）を波打っていた。

右手にあるのは、四郎兵衛（しろべえ）会所（かいしょ）。あやしい者や遊女の出入りを見張るところだが、オドオドする様であれば、すぐ見破られるものである。

「ちょいと、お前さん。一人かい」

会所の番人に声を掛けられ、徳松は固まってしまった。

「へ、へぇまぁ、一人で参りました」

「どこの見世にお揚がりで」

「稲本に」

「ほう。ここじゃ知らねえ者のない大籬だが、茶屋はどちらですかい」

「今日は、通さずに」

「そうですか。ま、ちょいと会所に寄ってらっしゃいまし」

「…………」

初手から見抜かれた。引手茶屋を通すことなく大籬、すなわち格の高い遊女見世に揚がることなど、まずないのが吉原である。

この引手茶屋こそが官許の廓として最後の砦とする仕組みの元であり、芸者や幇間をあげて飲み食いをさせ、馴染みの花魁のもとへ送り込む決まりを作っていた。

「吉原は粋を身につけるところ、女を抱くだけじゃいけません」

合言葉のようになってはいるが、なんてことはない銭を少しでも多く落とさせる仕掛けでしかないのだ。

「初会は、お見合いの席。二度目で、裏を返します。三度目にして馴染みとなって、お床入り」

三度も通って、ようやく女を抱けるという決めごとをいうのだが、とうの昔から客は初会でも花魁に手を出せることになっていた。

遊女屋ごときが、敷居の高いわけはない。それもこれも、官許の廓が儲けるためであり、引いては幕府への運上金をたくさん納めるためだった。

ひと夜、千両。それだけの売上げがなければ、幕府はいつでも取り潰すぞと脅していたのである。

このため、遊女見世は昔ながらの言い伝えを初会の客にもったいぶって話すのだが、今じゃ引っ掛かるのは田舎の大尽だけとなっていた。

会所の番人は見るからに良さげな身なりの徳松を、危ない者と判断したのではない。

上手く取り込めば、銭をふんだんに落としそうだと見込んだのだ。小さく畏まる若者に、機嫌を損じないよう軽く話し掛けた。

「お前さんは若いのに、粋ですよ。茶屋なんぞを通さず揚がるなんざ、見上げたものだ。酒肴や芸者なんぞに銭を使うくらいなら、花魁にその分をってやつでしょ」

「う、うん」

「男前だ。で、花魁の名は」

「いちばん格上の……」

名を憶えてきたつもりだが、舞い上がってしまうと出てこなかった。代わりに、懐にある財布を出し、銭は持っていますとあごを上げた。

飛んで火に入る夏の虫となった徳松は、会所の男たちに取り囲まれた。

「どちらの若旦那ですかなんぞと、野暮な詮索はいたしません。見たところ、五両ほどもお持ちのようで。安心なさい、揚げ代はツケにして後日でよろしいのです。代わりに一分ずつ小分けにして、見世の者への祝儀になさいまし。よくしてくれますぜ」

親切だった。

気をよくした徳松は、思いついた。まず最初の祝儀は、この会所の男へ出そう。

「言われたからというわけではありませんが、これはみなさんの煙草代に」

年長の者へ一分銀を握らせると、男たちは揃って相好を崩した。

「じゃ、こうしましょう。稲本てぇことでしたが生憎、今日は混んでます。中籬でいち秀っていうところが稲本の分見世でして、そこにひと晩いかがでしょうか。茶屋も通しませんです」

　徳松はうなずいた。もとより草双紙で仕入れた知識でしかなく、実際の廓を前にしたことで消えてしまった。

　会所の男に導かれるまま、徳松は中どころの見世の暖簾をくぐっていた。

　とにかく、分からないことだらけ。張見世といって客が女を選べるところもあったのだが、通い馴れていると思われたい手前、キョロキョロするわけにもいかなかった。

　敷居を跨ぎ、ただ立っていた。すると見世の男衆がやってきて、二階へどうぞと迎える。

　草履を脱ぐと、下足番がすぐに揃えて下駄箱に入れた。

　二階に上がったところが、値段の交渉をする部屋と知ってはいたものの、遣手と呼ぶ大年増が愛想をふりまいてくるのが気味わるかった。

　遣手は感じわるい女と、草双紙には書かれていたのである。

「お名と、お店の名などを教えていただけますかしら」

　歯ぐきを見せながら笑う大年増が、両国の掛小屋で見る木偶人形そのままで、泣き顔にも思えた。

「浅草材木町、池田屋太郎兵衛伜、徳松」

嘘いつわりなく、スラスラと口を突いてしまった。

「まぁご様子のよろしいこと。花魁は、きっと喜びますですよ」

「今夜の花魁、名は？」

「いやでございますねぇ、いきなり。野暮は言いっこなし、値のほうもあたしに任せて」

ポンと胸を叩いて、いなくなってしまった。

草双紙ではここを引付部屋といい花魁と顔合わせをすると書いてあったから、出ていった遣手が連れてくるのだろうと待つことにした。

すぐに戻ってきたが、また歯ぐきを見せながら笑っている。

「花魁が今夜はいい日だって、ご満悦。お仕度がありますから、本部屋でお待ちなさいましな……」

奥のひと間に案内されて、襖を閉められてしまった。厚く柔らかな夜具が敷かれた頭のところに、枕屏風が一双、うっすらと点る行灯の下に、煙草盆。徳松は煙草を嗜まないので、たちまち手持ち無沙汰となった。

六畳に、次ノ間があるようだ。膝で躙り寄って唐紙に手を掛けたとき、外から女の声がした。

「お客さま、おいでなんしてか」

「はっ、はい」

丁稚小僧のような声を返してしまった。

音もなく襖が開くと、薄紅いろの仕掛をまとった若い女が、三ツ指をついて微笑んだ。

とぼしい灯りの中、白塗りの顔だけがはっきりと映し出されると清楚のことばが似合った。

「朝衣と申します」

「花魁かい？」

「わちきは朝霧花魁の振袖新造、見習でありんす」

主となる花魁は茶屋に出て、挨拶をしている。それまでのあいだ、振袖新造の自分が相手をいたしますと、入ってきた。

これも草双紙で読んだとおりだ。

近くにくると、小づくりな顔ながら目鼻だちはくっきり、徳松が幼いころ奥女中をしていたおゆみに似ているので、すぐに打ちとけた。

年は十七、年頃だった。生まれは安房(あわ)で、吉原に来たのは去年だという。話すことばはあくまでも柔らかく、額(ひたい)の生えぎわが富士を見せ、手つきに品があった。

「漁師まちに、色白はおりません……」

白粉(おしろい)でごまかしているが、浅黒いでしょうと二の腕をまくって見せた。

とはいうものの、肌理(きめ)のこまかさに徳松は目を瞠(みは)り、ふるいつきたくなった。手を出して、頬ずりをした。

「さような真似は、なりませんでありぃす」

振袖新造とは、名にあるように袖を長くした娘姿で出るのだが、見習であるため客を取るには花魁の許しを必要とする女だった。

朝衣に身を躱(かわ)された徳松は、のっけから蛇の生殺しである。

おれは客だと、言おうとしたところに、襖の外から渋い声がした。

「花魁の、お出ましにありんす」

唐紙が開けられ、濃紺の仕掛に身を包んだ女が立っていた。朝霧という花魁らしい。細面(ほそおもて)の、色が白いだけで権高(けんだか)に見えるのは、眉と眼の兼ねあいだろう。徳松は少しも魅力をおぼえなかった。

その脇に従ってきたのが、番頭新造と呼ばれる大年増の世話役で、徳松には母親のように思えた。

得体の知れない膳が運ばれ、高く積み上がっている夜具を前に、盃ごとがはじまった。

「ほんとうでありますと、引手茶屋にておこなうものなれど、今宵の初会はこれにて」

番頭新造がかたちばかりの盃ごとを仕切り、吸付け煙草の真似ごとをし終えると、三人ともいなくなった。

「…………」

待てど暮らせど、女どころか誰ひとりとしてやって来なかったのである。

廊下に出て、徳松は遣手に訊ねた。

「この後、どういうことに」

「寝るなり帰るなり、お好きになさってくださいましな。初会でありますゆえ」

お帰りのとき、下の帳場で揚げ代を申しつけるが、ツケでよいと歯ぐきを見せてきた。

筆おろしどころか、まんまと廓の術中に嵌められた徳松だった。

部屋に戻って、重ねられた夜具へ仰向けに倒れ込んだ。

――こんなはずじゃない。あたしが罠に掛かる男であって、いいわけがなかろう。

怒ったのではなく、考えた。

花魁の朝霧には、未練どころか色欲もおぼえない。しかし、朝衣にご執心となっている自分に気づいた。

色里の西も東も分からないまま登楼したのではなく、草双紙を読み込んできた徳松である。

こんな一節が書かれていた。

〝新吉原となり二百年、決めごとの類、失せて久し〟

夜具から起き上がると、懐の財布を取り出し、一両の小判を懐紙に包んだ。

ポンポンと手を二度叩き、廊下を見廻ってきた男衆を呼んだ。

「へいっ。お呼びで」

「男衆さんに、頼みがあるんだけど……」

徳松は言いながら男の手に、紙に包んだものを握らせた。

「――――」

一両の小判を、堅焼の煎餅とまちがえる者など吉原にはいない。ひと月働いても、こうした男が手にできない一両だった。

命を差し出す以外は、なんでもいたしますというような顔を返してきた。

「おねがいとはね、朝霧花魁に随いている振袖を揚げたいんだ」

「……。いけません。振新だけは、花魁がうんと言わねえと駄目です」

「分かってる。でもどうしてもって、分かるだろう?」

ピカッと光る小判を剝き身で、もう一枚加えた。

「参ったぁ、こりゃ降参だ。こんなこと見世の旦那に知られたらなぁ……。いや、参った。うわぁ、うわっ、うひょひょ」

男衆は手を頭の後ろにやったり、首をなでたり、わけが分からないことばを吐きながら、二両を手にいなくなっていた。

四半刻もしない内に、徳松の寝床に襦袢一枚で入ってきたのが、朝衣なのである。

なんなく筆おろしができたのは、言うまでもなかった。

三

浅草から王子村へ向かっている徳松は、あの一夜を思い返すと嬉し涙に咽びそうになり、往来を往き交う人を確かめた。

やがて、朝衣と徳松は抜きさしならぬ仲となっていった。銭の力は、なるほど強い。廓ご法度の恋も、銭がつづく限りどうにでもできた。

が、三日にあげず湯水のごとく使っていれば、親や実家となる池田屋の番頭たちが心配しはじめた。

徳松の素行にではなく、銭が羽の生えたように失せてゆくことに。

「徳や。どこへ行きなさる」

母親に問われ、将棋をと答えたが、父の太郎兵衛に頰を張られた。

「うちの者に、おまえの後を尾けさせました。いち秀の朝衣のところと、分かった。いい加減に、目を覚ましたらどうだ」

「目は覚めてます」

「おまえ、女郎に騙されているのが分からないのか」

「騙されてなどいません。いずれ、所帯を持とうって約束を――」

バコッという音が外に洩(も)れるほど殴られたのは、生まれてはじめてだった。

気を失いそうになった徳松は、番頭たちの手で土蔵に押し込められ、錠を下ろされた。

「三度の飯は与えよう。改心したなら、出してやる」

「お父(と)っつぁん、食べたら出る物があるでしょう」

「御虎子(おまる)を置いた。溜(たま)ったら、それにしろっ」

見れば暗い隅に、蓋(ふた)付きの瀬戸物の御虎子が置かれてあった。幼い時分の記憶が、おぼろげに甦(よみがえ)ってきた。

これに跨(また)がると、出そうなのに出なくなるのだ。とりわけ冬など冷たくて耐え難く、諦(あきら)めてしまう。そのすぐあと――

「徳お坊ちゃま、あらまぁ」

まだ若かった奥女中おゆみに、洩らしたものを始末してもらったものだった。

おゆみはとうに嫁ぎ、今や四人の子持ちとなっていると聞いた。その俤(おもかげ)を匂わせる朝衣は、自分との仲を引き裂かれ、きっと泣いているにちがいない。

「情夫(まぶ)の徳さんよりほかに、あちきはお客を取りいせん……」

朝衣はそう言って、三度の膳まで拒んでいるだろう。

――きっと、折檻されているのだ。歯ぐきを見せる遣手が庭に引き出し、廓見世の主人が竹箒で叩くか、まっ赤に焼けた鏝を柔かな内腿に押しあてて……。

暗い土蔵の中で、徳松はいてても立ってもいられなくなった。

「お父っつぁん、おっ母さん。出して下さい。もう銭は使いませんから、後生です。開けて下さいっ」

呼べど叫べど返りがないのは、二重扉の土蔵だったからである。

火事が名物といわれる江戸の大店は、土蔵を堅固にした。

「人など遠くへ逃げればよい。しかし金目の物は、焼けてしまえば一文の値打ちもなくなる」

大店の締まり屋は、常々こう言って憚らなかった。

うちの親父も、そうに決まっている。だったら、中から火を。

徳松は死ぬ気で、付火を考えた。ところが土蔵の中には蠟燭一本、火打石のひとつもなかった。

外は夜。なんとなく目が利くのは、土蔵の上にある明かり取り窓から入ってくる町の灯があるからだ。

もとより火を付ければ、自分も焼け死んでしまう。では、どうしたら家の者が土蔵を開けてくれるかと考えた。

瀬戸物の御虎子が徳松に、おいでおいでをしていたのだから神様が命じたにちがいなかろうと、蓋を取って久しぶりに跨った。

もう冷たさを感じないのは、直に尻を付けないからである。

が、すぐに出るはずなどない。土蔵の中は冷んやりとし、腹をこわしているのでもなかった。

「馬鹿ばかしい。閉じ込められてすぐ用を足すなんて、子どもだってできるもんか――」

口を突いたことばの中に、子どもをみとめた。

小さいころの遊びで、汲取り屋と呼んでいた悪戯を思い出した。

近所の仲間同士が壊れた柄杓を持ちより、それに竹の棒をくりつけて肥汲みの真似をしていたのである。

はじめは家の北側にまわり、厠の蓋を外して本物を杓っていたが、ひどく叱られた。

「銭になるものを、遊ぶんじゃないっ」

でも、子どもには面白い。臭(くさ)いことが、徳松たちに笑いをもたらせていたのであれば、引き下がらなかった。

「ならば、自分たちが出したものならいいんだよ」

子どもなりの理屈で、脱糞合戦がはじまった。こうなると汲取ることより、出すことに興味が向けられた。

「あっ、徳ちゃんの湯気が立ってら」

「貞(さだ)ちゃんのは、でっかいなぁ」

見るほうも出すほうも、笑いが止まらない。すると、どうすればすぐに出せるかを考えだすことばかりとなる。

徳松の行き着いた考えは、食べた物がなんだったかではなく、なによりも恥を捨てることだった。

みんなの前で堂々と尻を晒(さら)けだし、力いっぱい気張ること。これに尽きた。が、今は子どもではない上、ここではたった一人。恥や外聞はなかろうが、あの頃の張り合いはない。

暗い土蔵の中で異彩を放つ御虎子を、押し込められた倅(せがれ)はじっと見つめつづけた。

「朝衣……」

ふと口を突いた女の名が、徳松に逢いたいとの強い気もちを湧き上がらせた。逢うためには、まずここから出なければならないのだ。

なにがなんでも朝衣を前にして、本気で二世を契(ちぎ)るつもりなのか、客と遊女という商売上での間柄だったのか。それを確かめるのが先決と思った。

肌寒い中で、徳松は丸裸になった。夜露(よつゆ)という水垢離(みずごり)を取ろうとした心意気が、そうさせたのである。

「来たっ」

若い純真な心が神仏(かみほとけ)に通じ、便意をもたらせたと思えるほどに大も小も溢れんばかりに出た。

おのれが放り出したものは、臭いとも感じない。御虎子を片手に、蔵梯子(くらばしご)を伝って明かり取りの窓辺に取り着いた。

暮の大掃除で見たとおり窓枠を外すと、遮(さえぎ)るものがなくなった。眼下は中庭で、雨戸を閉めきった母屋(おもや)である。

「一(ひ)の、二(ふ)の、三(み)」

徳松の手を離れた御虎子は、音を立てて雨戸を打ち破った。

「だ、誰だっ」

家の者の声が上がり、バタバタと雨戸が開いて、番頭をはじめみんな出てきた。

「あぁっ、なんだこれは」

欠けた御虎子、その中に臭いものが……。上を見上げると、土蔵から顔を覗かせる徳松。

「なんて真似をする。徳っ、気でもふれたのか」

親父の太郎兵衛が怒鳴ると、番頭が鍵を手に土蔵へ走るのが見えた。

灯(あか)りが土蔵の中を明るませると、梯子の上で裸となっている徳松が映し出され、ギョッとした番頭が声をふるわせた。

「旦那さま。わ、若旦那が……」

そりゃそうだろう。裸になって上から糞尿を投げ落とすなど、まともな大人がすることではない。

母親が飛んで来て手を合わせながら口を突いて出たのは、猫なで声だった。

「徳や、もう押し込めたりはしない。お父っつぁんも赦(ゆる)してくれるそうだから、降りておいで」

「そういうのなら、出てやる。でも、座敷牢(ろう)なんてぇのは、ご免だ」

「もちろんだよ。このおっ母さんが、おまえを守ってあげます。いつもどおりの、おまえでいい」

裸でも、前を隠すことをしない若旦那である。その足で母屋に戻ってやった。

押し込めの身から解放されたはいいが、見張りが交替で付いていた。外出も、吉原の色里以外であれば、どこへでも行けた。

しかし、決まって二人が付いてくるので、まくことはできなかった。

「相模屋さんだ。ちょっと……」

用があると言って中に入り、裏口から出るともう一人が立っている。

徳松は考えに考え、菩提寺への墓参りを思いついた。母親と女中や手代を伴って行くとの殊勝な口ぶりで、信用を勝ち得ることができた。

勝手知ったる寺である。本堂や書院、庫裡と挨拶してまわる内、徳松は見張りをまいたのである。

一路まっすぐに吉原を目指して、走りに走った。

大門の番人が声を掛けてくるのをやりすごし、いち秀の前に立ったときは、鼓動が体すべてを脈打たせていた。

駈けてきたからではなく、逢いたい女が待っていることが熱くさせたのである。

「おや、池田屋の若旦那。お久しぶりで」

顔馴染みの男衆の愛想笑いを押しのけると、徳松は入って行った。

例の歯ぐきが出迎えたところへ、徳松は言い募った。

「朝衣を、あたしの朝衣を呼んどくれ」

「なんでございましょ。あたしのだなんて。朝衣さんはもう、ここにはおられませんですよ」

「いないっ？　死んだのか、恋焦がれた末に」

見世じゅうの者が、笑いをかみ殺した。昼の色里に、客は少ない。大きな声に、みんなが集まっていたのである。

見世の主人が顔を出し、徳松を帳場の隅へ手招いた。

「若旦那にはご無念でございましょうが、朝衣は落籍されましたのです」

落籍されるとは、客に身受けされることで、めでたいことだった。

「売れたというのかい」

「はい。あの気立てと縹緻であれば、若旦那でなくとも引く手あまた」

「馬鹿な。あたしとは末を契った朝衣だ。それを知って、売り飛ばしたねっ」

「人聞きのわるいことを。本人も承知、お相手のお客さまもいい値で落籍ましてでございますよ」

「………」

徳松が商売人の倅であれば、売り買いのなんたるかを知っていた。品物が娼妓という生き者であっても、売りどきがあることを。

花魁から遣手まで、見世が前借金で手にした物なのである。証文一枚で、売り捌けると決まっていた。

本人の承知がなくても、買い手がつけば手渡されるのだ。言い返せる徳松ではなかった。

「い、いつのこと……」

「二日前。盛大な落籍祝いをいたしまして、送り出しましたばかりで」

「誰が、誰が買った」

「そればかりは、申し上げられませんことになっております」

「朝衣はあたしに、なにも言わず……」

「わたくしが口にいたすのもなんでございますが、ここは苦界。池田屋の若旦那も、大人におなりあそばすよい機会とお見受けいたします」

「騙しているんじゃなかろうね」

「なんなら、見世じゅうを見てお廻り下さい。朝衣は、もうおりません」

主人に言われたので、徳松は念のためと遣手に導かれながら二階の端まで見てまわった。

天井裏にでもと思ったが、末世を契った女である。匿（かくま）われたとすれば、声を上げてくるだろう。

「泣く泣く落籍されていったか……」

徳松のつぶやきに、遣手は歯ぐきを見せずにうなずいた。

四

家に帰ると、ひっそりとしていた。みんな徳松が吉原へ行ったことを、知っていたようである。

いち秀から池田屋へ、ご注進となったにちがいなかった。

廓見世（くるわみせ）とは、つうかあだったのだ。

そこまで考えを至らせると、朝衣を身受けさせたのも親父の入れ知恵だったのではないかと思えてきた。

「女さえ失せれば、徳の行状はおさまる。振袖新造の一人や二人、銭でどうにでもなるだろう。番頭、いち秀という見世に行ってきなさい」

親父の名代として、番頭は掛け合いに出向いた。朝衣を贔屓にする客を見つけ、半分の銭を出すがどうだと持ち掛けた。

見世の主人は納得し、手を打った。三方が萬々歳である。

徳松は番頭のところへ行き、真偽を確かめた。

「番頭。お父っつぁんと謀って、朝衣を売ったね」

「いきなり、なんでございましょう」

白を切る番頭へ、徳松は謀りごとをしたとの思いに至ったあらましを語った。

「なるほど若旦那は、賢いですな。仰言るとおり、ほぼまちがいはございません。ただし、二つばかり誤りがあります」

「誤りが」

「一つは朝衣さんを無理やり、ということです」

「生木を引き裂いたわけではないと、言うのかい」

「ちがいます。男を客にとるてぇことがどれほど辛いことか、お分かりになりませんか。苦界なんです。みんなが若旦那のようなら、いいでしょう。しかし、ひひ爺ぃもいれば、乱暴な与太者がいもやってきます」

「だからあたしが、身受けすれば――」

「四代もつづく材木町の池田屋が、お女郎をと噂が立っては商売に差し障ります」

きっぱりと言い返した番頭の目は、ちょっとだけ凄んでいた。

「けど、お大名が花魁を落籍たって話がある」

「仙台高尾です。が、花魁は行く末のことを考え、あえて大名を袖にしました。のちのち、お家騒動にもなったのですよ」

高尾は自害し、伊達六十二万石の当主は酒色に溺れたとされ幕府に睨まれたと、番頭は付け加えた。

「ならば、妾ってことで囲えばいいじゃないか」

「所帯も持たない若旦那となりますと、女房の来手がなくなりましょう」

これも大店には瑕になると、番頭は言い切った。そしてもう一つはと、膝を乗り出した。

「明日あたり言い渡されるはずでしたが、若旦那は勘当されます」

「か、勘当――」

「吉原の会所が言ってきたのですが、見せしめとして出入り止めをしないと示しがつかないというんです」

　大店の伜（せがれ）ならいつでもツケで揚がれるとなると、廓見世のほうは掛け取りに苦労するし、こちらの大店も商売に障りが出てしまう。ここは一つ生け贄（いにえ）として池田屋を、となったと番頭は声をひそめた。

「あたしは明日から、どこに……」

「ご安心をねがいます。魚心あればなんとやらで、一年か長くても二年で元の鞘（さや）に」

　月々のものは番頭みずからが運び、住まいも決めてありますと胸を叩いた。

　ほんの半年前のことだが、今になって思い出しても自分は世間知らずのねんねだったと恥ずかしいばかりである。

　知らぬまに本郷の加賀さま上屋敷をすぎ、駒込の柳沢さま下屋敷の前に来ていた。

　目指す王子村は、あと少しだ。

徳松が紅梅長屋に入って半年余、約束どおり番頭は月々来てくれた。ときに好物の佃煮や菓子を手に、実家のことを話して帰った。

先月、来たときのこと。企んだのではなかったが、朝衣の話になっていた。

「もう、あたしのことなど、朝衣は忘れているだろうね」

「女てぇやつは、秋の空と申しますように、昨日のことなど遠い昔と思えるんでしょうな。もっとも、こんな土産ひとつでも鮮やかに昔馴染みを思い出すこともあるようで」

番頭が土産に持ってきたのは、王子村で名の知れた扇屋の玉子焼だった。

「あ――」

口がすべったとばかり、番頭は手をあてながら徳松を見込んだ。

なんだか分からないものの、朝衣と関わることではないかと徳松は睨み返した。

「いや。その、なんでして……」

「言っておくれ。番頭、朝衣が身受けされたところというのは、王子村か、それとも扇屋か」

嘘の下手な番頭は、耳まで赤くなっていた。もじもじとするばかりで、黙りこくった。

「どうせあたしは、勘当の身だ。言わないのなら、実家の店先で尻を出して用を足すよ」

「や、止めてくださいまし。そんなことをされたら、お客が来なくなります」

「じゃあ、教えておくれ。朝衣のいるところを」

「教えたら、どうなさるおつもりで」

「女ごころは秋の空なのなら、どうもできやしないさ。ただね、辛い思いをしていないってことが分かればいい」

　これは徳松の偽らざる気持ちで、朝衣を奪い返すとか、心中や駈落ちをそそのかすつもりはまったくなかった。

　番頭もそれを見抜いたのか、重い口を開いた。

「王子村で手広く植木職を営んでいらっしゃる親方で、次郎吉さんと申します。四十を幾つか越したお人で、二年前に内儀さんを亡くしているそうです」

　それ以上のことは知らないが、まちがっても騒動になるような真似は慎んでくださいよと、番頭は言い置いて出ていった。

　徳松は言われたことを守る気でいたが、日を経るに従い女への想いが喉元から食み出るほど膨れてきた。

亀の湯へ行き、頭から湯水をかぶればおさまるかと朝から出向いた今日である。

そして三十郎に女の心もちを訊ねたところ、行ってみない限り分からないとの答を得たのだった。


飛鳥山の桜は、もう葉桜となっていた。ここを下れば、王子村となる。

あの晩以来の喉から心ノ臓が出そうになったのは、まさに今だった。

「もう徳のことなど憶えてもいないのが、ああしたところの玄人女だ」

親父の太郎兵衛のことばが、今も耳から離れない。その一方で、朝衣の濡れた口から洩れたことばが、耳の底に甦ってきた。

「ぬしさんと、二世も三世も一緒。どうぞ、捨てずにくんなまし……」

丁半博打じゃあるまいが、どっちに転ぶか分からないのだ。

山の上から遥か東を眺めると、筑波の山が小さく盛り上がって見えた。

王子村のある辺りは畑地が多く、ところどころに黒い屋根瓦があるのは桜の名所らしく茶屋だろう。

こんもりとした杜は、王子権現社らしい。そこで植木屋の棟梁の家はと訊けば、すぐに知れるはずだった。

徳松はゆっくりと山を下って、権現社へと足を進めた。

植木屋の次郎吉の家は、すぐに分かった。府外の村に、かなり広い敷地をもつ棟梁のようである。

均等に並ぶ松は売り物なのだろうか、土に薦が被さっていた。盆栽が幾つも置かれ、井戸の周りには桶がいくつも積まれてあった。

社の境内で、徳松はおしゃべり好きそうな婆さんを相手に聞き込んでいた。

次郎吉の人柄、若い女房の評判、出入りする者のことなどである。

「そうねぇ、かなり手広くやってるようだわよ。出先は市中じゃなく、街道筋の地主やご本陣らしいわ。親方は大人しそうですよ。えっ、若い女房？　知らなかったわ、嘘でしょ。見たことないもの」

追い出されたか、朝衣が出て行ってしまったのだろうか。徳松はそうも考えた。が、行って確かめない限り、悶々として帰るだけとなってしまう。意を決して、植木屋の家の前に立った。

田舎くさい大きな家だが、近くで見るとしっかりした骨組で、どこもかしこも磨かれていた。

徳松は声を掛けずに表口とおぼしき大戸に近づくと、視線をおぼえた。朝衣が気づいて、あたしを見ているのではないか。笑い返せなかったが、徳松はいい顔をした。

「……。どちらさまで？」

中からの声は、年寄りじみた女のものだった。棟梁の女親かとも思えたが、徳松は身を固くして返事をした。

「江戸から、参りました者です」

「植木の御用でしたら、みな出払っておりましてね」

潜り戸から出てきたのは鼻の詰まった小柄な老婆で、小汚い前掛けをしている。徳松を見て、舐めまわすような目を向けた。

「親方の、おっ母さんですか」

「えっ。なんて言ったの」

耳が遠いのか。顔の横に手をあてている。徳松は声を張った。

「おっ母さんですか？」

「いやいや。あたしは雇われ者」

「今、お一人なんですね」

「——。あなた、どちらさん」

婆さんの声柄が刺を帯び、目つきが鋭くなってきた。

「江戸の者でして、こちらにいらっしゃると聞いたんです」

「誰がいると」

「棟梁のお内儀さん、いませんか」

意を決した徳松がお内儀と口にしたとたんに、婆さんの顔いろが変わった。同時に家の中を見込むと、あわてはじめた。

女房となった朝衣が、中にいるのだ。

声を張った。

「かつて朝衣と名乗ってましてね、徳松という男が逢いたがっているとお伝えねがいます」

コトッと、中から音が返った気がした。

雇われ婆さんが小さな体で、押しのけるように徳松を追い払おうとする。

「人ちがいだね。朝衣だなんてお人、いませんですよ」

まるでいますと言っているような口ぶりが、徳松の胸に小さな灯りを点してくれた。

――生きている。

世を儚んではいない。いつかふたたび逢えるだろうと、信じることができた。

無理強いは、朝衣にも嫌われる。今日は帰ろう。しかし、近い内にもう一度。

嬉しさ半分と切なさ半分が、徳松の顔を泣き笑いにさせていた。

好いた女に、こんな顔を見られたくない。踵を返した徳松は、もう一度声を張った。

「仲ノ町の花見を一緒にしたのを思い出しましてね、懐かしかった」

それだけ言うと、胸がいっぱいになってしまい、次のことばが出なくなった。

植木屋をあとにした。陽が翳り、雲が空を覆っている。トボトボと、もと来た道を歩いた。

――なぜ、女房を隠そうとするのだろう。

父娘ほどにも年が離れた女であれば、誇ってもいいはずだ。岡場所にいた安女郎でもなけりゃ、蓮っ葉な女ではないのだ。

考えてもはじまらないが、辛い思いで暮らしていることが分かると、足取りが重くなった。

救い出さねば。

徳松の持って行きどころのない思いが、生ぬるい風の中で右へ左へと揺れた。

「どうすりゃいいんだ」

言ったところで、誰も助けてくれないのが世間というところだった。

来た道を辿ったつもりが、いつのまにか吉原に近い日本堤に出ていた。

冷たい女の肌が、指先に甦る。薄い唇に舌を差し挿れると、懸命に吸ってくれた。喘ぐ声も押し殺した嬉し泣きも、どれもが温かかった。

阿部川町の裏長屋に戻ると、陽が落ちた。

飯の炊ける匂いが、日々の暮らしを思わせる。

徳松には、これも辛かった。

家に入るなり大の字となって、倒れ込んだ。

「さて、どうしたら……」

十九になった勘当息子は、いつまでも天井を見つめつづけてばかりいた。

二　長屋は地震騒ぎ

一

大家の三十郎が向かいに住む徳松が帰っていないと知ったのは、湯屋の仕事のあと晩めしをたらふく食べ、たまには長屋の見廻りをと思い立ったときである。

建てつけのよろしくない戸を、音がしないように持ち上げて引いたものの、開かなかった。

ガシッ、ガタン。

長屋の店子どもをおどろかせまいと気をつかおうとした大家だったが、紅梅長屋は新参者など受けつけぬ築三十年の猛者なのだ。

二十年ばかり前の天保五年二月、神田から浅草の芝居町まで類焼した大火事で難を逃れたときの話は、亀の湯での語り草となっていた。

「家主の金右衛門さんが、焼け出された連中が気の毒だ、寒さにふるえているだろうって、狭いけど裏長屋へと大勢を招いたのが切っ掛けです」

「なんの切っ掛けである。家主夫婦は、まちがっても人情に厚くはないぞ」

「裏長屋が、勾配と名が付いた切っ掛けですよ。一軒に十人以上も押し込んだものだから、安普請であれば傾きました」

湯屋の主である吉兵衛は体まで斜めにして、勾配長屋の名の由来を聞かせてくれた。

「ついでに申しておきますと、金右衛門さん夫婦が子どもを嫌うのは、その火事のとき以来でしてね」

「火事と子どもが、関わるのか」

「招き入れたのは貧乏人の、子だくさんばかり。子どもが多い家を優先したのはいいが、はしゃぎはじめると壁は壊し柱は叩くで酷いありさま。そればかりか家主さんところへ押しかけて、お腹が空いたと騒ぐ始末」

子のいない金右衛門夫婦は、閉口どころか困惑が頂点に達して天を仰いだ。

「これが餓鬼の名の謂れだ……」

確かに子どもが悪戯をはじめると、地獄の鬼そのものとなる。思い込んだ金右衛門は、裏長屋ばかりか表長屋に至るまで、邪慳なことに子のいる者を追い出してしまった。

「子は宝って言うじゃありませんか、金右衛門さん」

「男と女が獣じみた真似をしてできたものが、宝なものか。乳母や下女の置ける家が、子を持てるというもんだ」

追い出された者は、それを聞いて毒づいた。

「てめえんとこに子ができないものだから、妬っかんでんだろ」

「種なしに、荒れ畑じゃ……」

が、世の中とはよくしたもので、捨てる神あれば拾う神ありで、金右衛門の長屋に空きは生じなかった。

「静かでいいのではないか。子が産まれないなどと、小馬鹿にされずに済む」

八丁堀から転居を命じられた紅家にも子があるが、奉行の遠山と家主との約束で三十郎のみとされていたのであれば、赤子の夜泣きひとつない子どもの声が聞けない長屋となっていた。

そこに建てつけのわるい戸をガタピシさせたのだから、咳払いの一つ二つも起ころうというもの。

三十郎は済まぬの心もちで、大家だぞと咳払いを返してやった。

これでよしと踵を返したところに、徳松が帰ってきた。

月明かりの下、夜目にも憔悴しきった様子で、顔を覗き込んでも無表情のままでいた。

「いかがしたかな、勘当息子どの。親から義絶とのことばを賜ったようだぞ」

「はぁ……」

気のないどころか、精気の失せたことばを吐くだけの徳松を、大家はおのれの家に招じ入れた。

竈に火さえ入れない侍大家であれば、茶の一杯も出せないどころか、お茶っ葉さえ置かない暮らしである。

せめて座布団をと差し出すと、徳松は這いつくばった。

「助けて、助けていただけませんか」

「どうしたんだ。銭の相談でなければ、話くらいは聞いてやる」

「死んでしまいたくなって」

「それはいかんなぁ。去年の暮だったが、土手三番町へ向かった者が次々と帰ったそうな」

「三番町に、なにがございますので？」

「名代の首懸けの松さ。高さといい太さといい、死ぬにはもってこいの松がある。ところが、毎夜そこで首をくくる者があり、先に一人やっておった。奉行所も困ってな」

「いいじゃありませんか、死にたい者が少し減ったんでしょ」

徳松が軽口めいたことを言ったので、三十郎は死のうとしているのは本気ではないようだと安堵した。

「そのとおりだが、毎日ひとり死びとが出るたびに、身元から確かめるのはこっちの仕事だ。そこで考えた者がおった。それらしい人形を作らせ、日が暮れたら吊るした」

結果、自死する者はいなくなった。考えた同心は褒美をもらったと話した。

「でも王子村から土手の三番町は、遠すぎます」

「王子村には、死のうとする者がおるのか」

「…………」

力なくうなだれた徳松は、今日のできごとを語りはじめた。

はじめての女。廓通いを止められて土蔵に込められたが切り抜け、吉原へ出向いたものの女は落籍（ひか）されていた。女の居どころを聞きだしに行ったが、体（てい）よく追い返されたと。

「本当にいないのではないのか。徳松を本気で好いておった女なら、それこそもう、みずから死を選んでおるやもしれんぞ」

「もし死ぬにしても、朝衣（あさぎぬ）はあたしに逢ってからに決まってます」

徳松の自信がどこから来ているのだろうかと、三十郎は羨（うらや）ましく思えた。大店（おおだな）の倅（せがれ）は自惚（うぬぼ）れの塊（かたまり）か、あるいは能天気なだけなのか。なんであれ、おのれ自身が中心に周囲がまわるものと信じて疑わないようだ。

「なれば、女が居留守を使ったとして――」

「居留守を使ったのは、婆（ばあ）やですっ」

「わ、分かったから、声を落とせ。そうだなぁ、府外の村なれば火を放って炙（あぶ）り出すか」

「狸（たぬき）じゃありません。それに、あたしが火を付けたと知ったら、朝衣は喜んで死んでしまいます」

「凄い」

「なにがです」

「おまえの思い込みがだよ。信じられんな」

「信じるとかはどうでもよくて、あたしは朝衣を救い出したいんです」

「親父なりお袋に縋り、銭で買い戻せばよかろう」

「あのぉ。勘当の身なんですよ、あたし」

「店先へ行って、可愛い伜が首をくくる真似をしろ」

「そんなことしたら、番頭たちがあたしの足を下から引っぱります。店がつぶれたら、奉公人が路頭に迷うと言って」

「二百や三百など、大店にとって大した額ではあるまい」

「とんでもない。池田屋の伜は廓の女にうつつを抜かしていると知られたら最後、お得意さまが離れます」

　商人とは邪慳なものとは思ったが、もとを糺せば放蕩息子の身から出た錆ではないかと、三十郎は馬鹿らしくなりそっぽを向いた。

「大家といえば親も同然じゃありませんか」

「この親も、下から足を引っぱりたい」

「引っぱるのは番頭たちです。あたしの親はしません」

「池田屋の跡取りは、決まっておるのか」

「おそらく妹が迎える婿になるでしょう。決まってないのは、まだ幼いからです」

徳松の妹は十歳、そのあいだに弟も妹もいたが早逝したという。親たちは残る二人を、猫可愛がりした。

兄が廓の女に溺れたのも、そこに原因がありそうだ。と考えたところで、名案の浮かぶはずもなかった。

「それ、本物ですか」

部屋の片隅に投げ出されている十手を、徳松は見つけた。

「本物を放っておくはず、なかろう。芝居の小道具だ」

「三十郎さまは、奉行所のお役人ですよね」

「まちがいないが、良からぬことを考えてはおらぬであろうな、徳松」

「考えてます」

「府外の王子村に町方が出ることなど――」

「ありますでしょう」

「断わる」

言下に否定した三十郎を、徳松は丸い眼で見返してきた。

「店子が難儀しているんですよ」

「自業自得。おのれで乗り切るがよい」

「あたしは聞いてます」

「なにを」

「紅さまが八丁堀を、追われたこと……」

「奉行所の内情は、おまえたちの知るところではない。お奉行の、遠慮深謀があるのだ」

三十郎にしてみるなら、市中見廻りの影目付と言いたいが、こればかりは町人どもに悟られてはならないのだ。

「大家さんの仰言るお奉行って、遠山さまのことではありませんか」

「うむ。名奉行、左衛門尉景元どのである」

「南町ですよね」

「そうだ」

「遠山さま、去年お辞めになってます。奉行職」

「馬鹿を申すでない」

「いまは池田播磨守さまです。遠山さまは、参与となって顔を出しているにすぎません」

「左様な戯言（たわごと）、どこで耳にして参った。床屋か、湯屋か。いや、亀の湯では聞いておらぬぞ」

「口入屋の姐（ねえ）さんです。ついでながら、三十郎さまは本勤の与力じゃなくて、与力見習だとも聞いてます」

「――。福成屋（ふくなりや）の、元は尼だったやつだな」

　言い返したものの、お福の話はいつも信じるに足るものばかりだったと思い出した。

　となると、南町奉行は交替していたのかもしれない。そういえば、三十郎に市中見廻りを命じたときの遠山は、紋付ではなく砕けた姿（なり）だった気が……。

　一瞬わけが分からなくなり、目をつむった。

　与力として、なにごとも一心不乱に勤めてきた三十郎である。自分以外のことには、目を向けないと決めていた。

　当然のことだが、月はじめの奉行通達は書面で受けたし、役人の異動など他人（ひと）ごとでしかなかった。

　しかし、参与であろうと、遠山左衛門尉の口より命じられた三十郎である。

「南町の役人としておれば、今もそのままにちがいない。おまえなんぞに、揚げ足を取られるものではない」

「そうですけど、八丁堀の奥さまは見習の身分にあることをご存じありません」

「くわぁあっ。脅すつもりか、徳っ」

「脅すなんてことばは、いただけません。取引と言ってください」

「どんな取引をするのだ」

「南町の同心姿で、一緒に王子村へ行ってくれたら、それでいいんです。その代わりと申してはなんですが、あたしは紅さまの手下として仕えます」

実家から得られる商取引の裏話から、紅梅長屋の大家への悪評の封じ込めまで、存分に働きますと、徳松は真顔を見せた。

取引が成立した。

二

翌朝、春の嵐というほどではないが、風を正面から受けながら、三十郎は徳松とともに王子村へ向かった。

町方同心が結う小銀杏に黒羽織を帯に端折った三十郎は、見るからに役人そのものだが、竹光の大小では風に煽られると頼りなさをおぼえた。

徳松のほうも、町人が同心と一緒に歩くのはおかしいと、小者として御用箱を風呂敷に包み背負わせることにした。

どう見ても、町方の主従である。誰ひとり疑いの目を向ける者はいなかった。

本郷の街を抜けると、もう府外。加賀さまの屋敷前をすぎたあたりから、人も疎らになってきた。

「おまえ、朝衣という女が出てきたら、どうするつもりだ」

「確かめます」

「わたしを、まだ好きかと聞くのか？　申しておくが、向こうには婆やがいるであろう。その前で、女が好きなどと言えるはずもあるまい」

「眼を見れば分かります」

「自信たっぷりなのは結構だが、それでどうする」

「もう女房となったのだから、迷惑ですの顔をされたなら身を引きます」

「今も好きですなら――」

「……。その先のことは、算段するつもりです」

少し言い淀んだ徳松の顔を覗き込むと、思い詰めた様子が手に取れた。

「ふたりして心中、なんてことはあるまいな」

「死にません。一緒にいたいんですから、駈落ちしてもと思ってます」

「穏やかじゃねえな。駈落ちってものを、芝居の道行のように思っちゃいねえか。傍から眺める分には美しいが、銭はない上、住むところも仕事もないんだぜ」

「親戚の、叔父さんもいますし。池田屋で奉公してた古い女中なんかも……」

「頼りねえな。というか、人をあてにしたところで、長つづきは見込めねえぞ」

「分かってます」

きっぱりと言い切る徳松が、世間知らずの若造にしか思えなかった。

王子村まで、無言がつづいた。


思った以上の立派な設えは、かなり裕福な植木屋のようである。

女房に先立たれた棟梁が、遊女あがりを迎えたのもうなずけるし、女にしても幸運なのではないか。

そこに、昔馴染みの男が忽然とあらわれる。

静かな池にとんでもないものを投げ込んだとなれば、波紋は大きく広がるだろう。

徳松は先々のことを、考えてもいないようだ。

手広い植木屋であれば、あることないこと言いふらす。いつか徳松の実家に差し障ることになり、あらぬところまで迷惑をこうむるにちがいない。

「おい、徳。帰ろう。喧嘩を売りに来たようなもんだ」

三十郎が言ったとたん徳松は駈けだし、植木屋の表戸に取り縋った。

ドン、ドドン、ドン。

大きな表戸を叩くと家の裏へ走りはじめ、声を限りに叫んだ。

「あ、朝衣っ。あたしだ、徳松だ。ひと目、顔を見に来た。挨拶を、したいっ」

身も世もない様というのは、まさにこれだろう。狂ったかと思う姿を見せたが、市中とはちがい近所からなにごとかと出てくる者はいなかった。

ガラッ。

音が立って表戸が開いた。

出てきたのは小柄で色黒な四十男で、これが植木屋の棟梁次郎吉と知れた。

目が合ったのは、三十郎のほうである。

こちらは躊躇したが、向こうはおどろいて目を剝いた。

町奉行所の役人と分からないはずはなく、次郎吉は丁寧に頭を下げた。

その背後に、数人の徒弟とおぼしき男たちが顔を出していた。

「江戸南町の者である。いささか厄介な者の、あとを尾けて参った」

三十郎は、少しおかしい厄介者のあとを追ってきたと、言い繕った。

「さようでございますか。いや、あっしのほうも危ねえ野郎が来そうだと、聞いておりましたもので」

次郎吉は徒弟たちを帰らせ、三十郎を中へ招じ入れた。

土間に竹槍もどきが立て掛けてあり、大勢で押し掛けて来たら一戦交えるつもりだったようである。

ひと周りしてきた徳松が、開いている戸口から入ってこようとしたのを、三十郎は怒鳴った。

「入るでないっ。話が済んだら、中へ入れてやる。そこにおれ」

立ち竦んだ徳松を、次郎吉はしげしげと眺めながら戸を閉めた。

奉行所には「植木屋に悪人はいない」との言い伝えがある。

鉈や鋏を手にする職人だが、草花や木を慈しむ仕事に就く者の心根に、凶暴な男はいないとの理由ゆえらしかった。

「下手人の当たりを付けるとき、植木屋は外せ。まず、まちがいを起こさぬ連中だ」

上役（うわやく）が教えてくれた。

三十郎は次郎吉を見て、納得した。眼光するどく四角い顔ながら、締まった口元は汚いことばが似合いそうにないのである。

「おおよその見当、付いておろう」

「へい。外にいる若（わけ）ぇお人が、うちのやつが馴染んでいた客、でございますね」

「困ったものだ。あやつの親御（おやご）に頼まれ、こうして尾けて参った」

「ご苦労さまでございます。でも、お縄にというわけには――」

「できぬ。そこで相談したいが、女房の口から未練はないと切り捨てることばをもらいたい」

「そうしたいのは山々でございますが、きぬはおりません。きぬとは、朝衣の本名です」

「どういうことだ。初手からここに、連れて来なかったのか」

「昨晩、失（う）せましてございます」

「外にいる徳松、あやつが昨日ここに参ったことで、いなくなったと……」

口元を歪（ゆが）めながら、次郎吉は無言でうなずいた。

「行った先は」

「賄いの婆さんや弟子どもが、今朝から四方八方さがしまわってます。ご府内とちがい、ここじゃ町木戸もありませんので、夜分どこへでも行けますさぁね」

俗に里ごころとは言うが、売り買いされた女に故郷なり親はあっても、ないも同然だった。

「考えられるのは、徳松の実家か……。明六ツとなって、江戸市中へ入ったやもしれぬ」

「外にいるお方のところは聞いておりましたので、うちの野郎を浅草材木町へ向かわせてます。ほかには、目星さえつけられません」

おきぬが吉原へ顔を出すとは考えられず、さがしようもないと次郎吉は天井を見上げた。

悲しげな様は、おのれの不甲斐なさを責めているのか、男らしく見事な気がした。

三十郎が外の若造を呼ぶぞと言って立つのを制し、次郎吉はみずから表戸を開けて徳松を中に招じた。

入ったとたん、徳松は周りをキョロキョロと見まわした。

「朝衣は、どこに――」

「いねえよ。おまえが昨日おかしな声を上げたんで、家を出たそうだ」

「嘘だ」

徳松が声を上げたのを見て、次郎吉は襖や板戸を次々に開け、勝手にさがしてみろとあごで言った。

「どこへ隠したんだ。天井裏かい、土蔵か、それとも近所の――」

パンッ。

見かねた三十郎は、徳松の頰を張った。

「目を覚ませ。この親方は、そんな吝嗇なお人じゃねえっ」

思い立ったが命がけとはいうものの、ひとつ方角をまちがえればあらぬ方へ行ってしまうのだ。

次郎吉こそ、ひと晩じゅう女房をさがしまわったにちがいない。

が、肝心な女は、どこにも見あたらなかった。

女が池田屋に行こうとするのであれば、それで決着のつけ方はあるだろう。しかし、誰にも逢いたくないと思っていたなら、入水しているとも考えられた。

廓という苦界にいた女は、世間にある女とは比べられないほど賢いという。三十郎が武州秩父の代官手代から、八丁堀の役宅に来た時分に耳にした話だ。

「客を客とも思わない花魁から、岡場所の安女郎まで、いずれは投込み寺に放られる身になると知ってるよ」

「まぁそうだろうな。稀にいい客に落籍されて小さな家と婆やを付けられる女がいるが、全盛の花魁でも末は見るも哀れな最期だ」

「そうした姉さん女郎を見て、自身の儚さを感じ取る女は賢い、というより引き際を心得てる。そう思わんか」

古参与力が箴言を口にすると、みな一様にうなずいていた。

堅物でしかなかった三十郎だが、哀れのひと言によって耳から離れない話となった。

三十郎は今、おのれの引き際を知る朝衣が、人であれば誰もが迎える死を怖れてはいないだろうと考えた。

まだ十八。七十年生き延びたところで、人さまに迷惑が掛かると気づけば、選ぶのは死ではないか。

遊惰にしか思えない女郎が、おのれに関わる者たちの幸せを願って止まないとの考えを及ぼした三十郎は、きぬという女を助けたくなった。

「生きてさえいたなら、一つ好いことがあるときがくる」

緑を食む三十郎が言える立場にあるとは思えないが、あんころ餅の甘さでも、野菊の鮮やかな色でも好いものだと、伝えてみたかった。

「いない、いないいよ……」

徳松は座敷の中央に、へたり込んだ。

次郎吉はさがし出すと言って、立ち上がった。

手分けしたところで、関八州は広く、江戸は人だらけ。河口に土左衛門が上がるのを、待つだけでは嬉しくなかろう。

おどろいたことに、徳松も迷子となったわが子をさがすほどの執念を見せて出て行った。

昼下がりの紅梅長屋には、弥吉と助十の女房たちよりほかに人はいなかった。

幸次郎おやえの中年夫婦は河岸へ働きに出ていたし、按摩の粂市は溜まった銭を本所の総禄屋敷へ持参しに出ていた。

もちろん三十郎も、徳松もいない。

春爛漫とは言えないが、生暖かくなった風が傾いだ長屋へも入り込んでいた。

女房ふたりは亭主が留守となると、昼寝を決め込む。子のない幸せは、ここにあった。寒くもなけりゃ、暑苦しくもない。夜着を引っ被って、寝汚ない姿を晒しているのだ。

突っかえ棒をした裏長屋は、静まり返っていた。そこへ女がひとり。

髪を丸髷に結い上げてはいるが、ほつれ毛が目につく。まだ若いが、足の運びや手つきは年増のようだった。

裸足に藁草履、爪先に泥。よく見れば美形に見えるものの、やつれた町家の女房と思えてしまう。

紅梅長屋の女房おまちとおくみが、この女を見つけたなら、荒れた亭主から逃げてきたにちがいないと世話を焼くに決まっていた。

が、一人として顔を出さない長屋で、女を見咎める者はいなかった。

王子村の植木屋を抜け出したおきぬは、ひと晩を飛鳥山で明かし、江戸の町木戸が開くのを待って出てきた。

どこをどう行けば江戸に出られるか、まるで知らなかった。

ひたすら繁華なところに向かい、西に東へ彷徨い歩いた末に、なんとか浅草へ辿り着いたのである。

誰が聞いたのか、徳松が勘当されて浅草の阿部川町の長屋に住んでいるらしいと知ったのは、朝衣が身受けをされる前の晩のことだった。

「なにも朝衣、おまえが気に病むことじゃありませんよ。廓というところじゃ、勘当なんてよくある話なんだから」

見世の内儀が慰めのつもりで言ったことばは、かえって朝衣の胸に突き刺さってきた。

自分が親身になって尽くしたがため、若旦那は地獄を見ているのではないか。折檻され、蔵に押し込まれ、三度の食事が一度に減らされているにちがいない。

「あちきさえ、いなかったら」

声をしのんで咽び泣いたのを、ほんの少し前のことのように思い出したのが、昨日の徳松の叫び声だった。

懐かしいなどというありきたりなものではなく、狂おしいほど愛おしかった頃が指先にまで甦ってきた。

が、声を返せない昨日だった。

ひと言でもことばを発したら、徳松ばかりか次郎吉をも困らせてしまうのだ。

亭主が嫌な男であったなら、徳松の前に出ていったろう。ところが男親ほどの年ながら、次郎吉は誠実で、働き者で、おきぬを心底いつくしんでくれたのである。

だったら、徳松なんぞ袖にしてしまうのがいい。それこそが正しい道であり、いずれ若旦那も勘当が赦されると思っていた。

身受けされて王子村に来て以来、徳松の俤は少しずつ薄れていった。そんなとき、婆やと称する年寄りが雇われた。

吉原の女であれば、飯の炊き方も上手くない、惣菜の作り方どころか、魚の見分けもつけられないからである。

「婆やのおふでだ。なんでも聞いて、ひと通りのことを身につけるといい」

次郎吉の親方だった人の親戚とかで、いくらか耳が遠いものの働き者ではあった。

が、やがて意地のわるさが露われてきた。

「糠床ひとつ掻きまわせないとはねぇ、どうしたもんだろ。もっと腰を入れて。男との床じゃ力は入るけど、糠じゃ駄目か。あはは。糠に釘じゃなくて、糠に魔羅だ」

亭主は街道沿いが主な仕事先で、月の半分は留守である。となると、皮肉は強くなった。

　おふでさんを代えてとか、追い出してとは言えなかった。落籍された女の負い目と、おきぬの性格ゆえである。

　なにより話相手がいないことが、おきぬを孤立させていた。

「旦那のお弟子に近づいちゃ、駄目。ここはお女郎屋じゃないんですからね」

　若い植木職人を食い散らかすつもりだろうと、おふでは出入りする男と口を交させもしなかった。

　身が詰まるというのではなく、神棚に祀り上げられているような感じがした。なんの役にも立っていない自分だと、顔を曇らせた。

　ひとり奥の納戸でポロポロと涙をこぼしても、気づく者はいなかった。

　酔払い客を相手に床へ入ったときのほうが、張りあいがあった気がしてくるのはなぜだろう。

　眼前に針箱があったが、糸は通せても縫い方さえ知らない。吉原に売られる前、安房の漁師村では地曳き網をやっていた。

　力仕事であっても、魚がいっぱい獲れると褒められた。網の繕いは、男の仕事だった。

ある日、父親が船ごと流された。いつまでも帰って来ないので、長女のおきぬが一家を支える羽目となった。

江戸に出されると聞いたとき、身を売るのだと気づいた。母親は背を向けて泣くばかりで、見ず知らずの男が小判を置くとおきぬを連れて外に出た。

館山（たてやま）の湊（みなと）から船で江戸に向かうとき、富士山がはっきりと迫ってきた。

「こりゃ幸先がいいのぅ。おまえ、売れっ妓（こ）になるぞ」

海に身を投げるつもりだった。しかし、富士のお山が、踏みとどまらせた。

廓という色里が辛いと思わないで済んだのは、徳松のような客がときにあらわれたからである。

十人に一人、いや三十人に一人でもいい客が来てくれるだけで、いやなことは忘れられた。

なんだか分からないなりに、生きている面白さが分かった気がしたのだ。

王子村の植木屋には、亭主と婆やしかいなかった。次郎吉がいくら可愛がってくれても、おふでが聞き耳を立てていると知ってから、体が強張（こわば）るだけになっていた。

昨日おきぬは徳松の声を久しぶりに聞いて、身内に熱いものが湧いてくるのを知った。

ところが、おふでは遮ろうとした。

出て行けば、騒ぎとなるのは分かった。ここは堪えて、おきぬは晩になったら抜けだそうと決めた。

そう考えて、奥の納戸へ引きこもった。婆やは男がやってきたのを、おきぬが気づかないでいると思ったようだ。

家から出るのはわけもなく、厠へ行くふりをして厚手の着替えだけ抱えると、星あかりの下を歩いた。

一文の銭もない。このまま死んでもいいと思ったのは本当である。

ただ死ぬ前に、ありがとうと徳松に言えたならいいと思った。

紅梅長屋に辿り着くと、ことばだけでなく肌に触れてからでもいいかと考えを改めた。裸で抱きあおうというのではない。触れるだけ、それが指先でもいい。

とはいえ、ようやく見つけた長屋まで来たところで、足は竦んでいた。

死んでもいいはずだったのに、どうしたことか。侍が腹を切るほどの覚悟が、どこかへ失せていた。

「こんにちは」

小さくつぶやくように吐いた挨拶に、ひとりも答えてはくれなかった。

傾いだ長屋の右端から、一軒ずつ声を掛けてみた。

右端の一軒目は、釘が打ってある。隣は留守のようで、次もいないようだ。

「あのぅ、どなたか」

四軒目もいない。いちばん奥の一軒で、戸を叩いてみた。

トントン。

返事はない。

「開けますけど、いいですか」

戸に手を掛けたとき、フッと徳松の匂いがした。

想いが募りすぎて、そう感じたのだ。おきぬは小さく笑った。

「ばかみたい……」

口に出したとたん、眼に霞（かすみ）が掛かり、立っていられなくなっていた。

細い柱につかまりながら、必死に堪えたとたん、グラッと揺れた。

――地震（なゐ）。

逃げなくちゃと思ったところに、上から石が落ちてきた。瓦ではなく板屋根の重しに置いてある石が、転がってきたのである。

石はもっと落ちてくるかと、おきぬは家の中へ足を踏み入れた。

「あっ」

見憶えのある羽織は、徳松のものだった。

――ここにいれば、暗くなる頃には逢える。

そう確信すると、小鍋から下駄までがあの人に重なり、隅に積まれた夜具をかき抱いた。

「若旦那の匂い……」

懐しいなどというやわなものではなく、恋しい逢いたい抱きしめたい男への思いだった。

あんなこと、こんなこと、ほんの百日あまりの二人だけのあれこれが、次から次へと手に取れるほどに思い返されてきた。

初めての夜は、なにひとつ憶えていないくらい一心不乱だった気がする。

男を迎えることが、これほど嬉しいのだと苦界にあるのを忘れられた。その日から、徳松がやって来るのを、ただただ待ちわびた。

来ない日があっても、きっと明日は来ると思うだけで、いやな客をもてなせる女になれた。

が、見世の誰からもおぼえがよくなって人気者となったものの、徳松は勘当されたと聞かされた上、見知らぬ中年男に身受けされたのだった。

今ふたたび、恋しい人に触れている……。

三

ガッ、ガラッ。

戸が開いて、寝呆(ねぼ)け顔があらわれた。

「誰なの？　お長屋を揺すったの」

いい気持ちで昼寝をしていたところを起こされ、助十の女房おくみが声を上げながら表に出た。

少し遅れて隣の弥吉の女房おまちも、不機嫌そうに出てきた。

「やあねぇ、屋根の重しが落ちてるじゃないの。野良かしら」

「猫じゃないって。グラッとした気が、先刻(さっき)したもの」

「ということだと、知らない奴がもたれ掛かったんだ。重しが転がってきただけならいいけど、長屋そのものが倒れたら大変だった」

「貼り紙しとこうか、当長屋ニモタレ掛カルベカラズって」

「そんなんじゃ駄目よ。当長屋ニテ虎狼痢生ズ、触レルベカラズだわさ」

「決まりだ。でも、豆腐屋も来なくならない？」

「こっちから行きゃいいじゃないの。このあいだだって、魚屋の天秤棒が長屋の突っかい棒に当たったたって騒いだじゃないの」

「ほんと。やわな長屋は、大切にしないとね」

勾配のある長屋に暮らす者は、倒れたが最後、建て替えがはじまるのを知っている。

商家の番頭や職人の親方が暮らす表長屋ばかりの阿部川町で、紅梅長屋のみが裏長屋だった。

あたり前のことながら、表長屋とされては店賃は三倍以上となり、戻るのは難しくなる。結果、追い出されるのだ。

女房ふたりは落ちた石を拾い、弥吉の家から脚立を持ってくると屋根に載せようとした。

「石は向かいの奥の、徳ちゃんのところの屋根からだわよ」

「おかしいわね。お客があったと思えないし、徳ちゃん朝早く出たきりだもの」

「その隣の幸次郎さん夫婦かしら」

首を傾げたところに幸次郎おやえ夫婦が河岸の仕事先から帰ってきた。

「おやおや、屋根になにか」

「おかえりなさい。上から重しが落ちてきたんだけど、この列の棟には誰もいないし、地震もなかったし……」

「変ですなぁ。空からなにか落ちたんですかね」

「笑わせないでよ。ここは上から毬栗ひとつ落ちても、穴があく板屋根じゃないのさ」

「となりますと、狐か狸ですかな」

「あの連中は、夜中しか出てこないの」

「野良犬？」

「江戸でも五番と下がらない阿部川町に、野良はいないわ」

石を載せたおまちが、胸を張った。

「では、泥棒ですか」

「えぇっ」

一同は顔を見合わせた。江戸でいうところの高級町家は、このところ押込みや強盗が増えていた。

武家だと刀や槍で追い返されるし、もちろん旗本御家人の邸は盗むものもない。ところが、阿部川町の住人は小金をもっている。

「昼日なか押入ったものの、逃げる場がなくなってここに——」

四人は揃って大工手伝い弥吉の家に入ると、手に手に鋸や金槌、錐や玄翁を持って出てきた。

「お役人を呼んだほうが、よくはありませんかね」

幸次郎が屁っぴり腰で囁いた。

「泥棒のほうだって、必死なんだもの。殺られそうと思ったら、刃向かってくるわ。ここは一つ、取引よ」

「どなたと？」

「盗っ人相手に、決まってるじゃない」

「なんて言うんですか、おまちさん」

「内緒にしてやる。おまえにも親や子がいるだろう。番所には届けない、代わりに半分置いてけ」

「半分は、盗ったものの？」

「あたり前じゃないの、相身互いだわさ。いただいたものは、山分け。じゃ、行くわよ」

目を剝く幸次郎を先頭に押し立て、おまち、おくみ、おやえとつづき、徳松の家の戸口に立った。

「ねっ、止しましょう。いきなり中から匕首抜いて出て来るかもしれません……」

幸次郎は声を押えて、後退る。

「男でしょうが、だらしないわね」

おくみは幸次郎の尻を蹴り、押し出した。おやえが亭主になんてことをと、おくみの頰を張る。おまちが仲に割って入ると、三竦みの喧嘩となった。

「叩いたねっ」

「あんたが蹴ったからよ、うちの人を」

「争ってる場合じゃないでしょうに。お止しなさいよ、いい年をして」

「いい年は、お互いさまじゃない」

女三人に、火が付いた。

手を出すより先に声が大荒れをみたのであれば、徳松の家にいたおきぬは出て行くしかなくなった。

ガラ、ガラッ。

建てつけのわるい戸も、徳松のところだけ軽く開くのは実家が送ってきた大工の仕事である。

同じ大工でも、手伝いでしかない弥吉には修繕ができない。というのも、長屋そのものが倒れてしまうからだ。

が、そんなことより、中から丸髷の女があらわれたのだから、手に大工道具をつかんでいる四人の背すじは伸びた。

「もしかして、徳松さんの……」

「そうか、ご実家のお姉さん。にしては若い気もするけど、どなた？」

長屋の女房たちに、恰好の噂の種が出現したのである。

おきぬは町家の女房というものを、知らなかった。

安房の漁師村に生まれて、十六で吉原に来た。客は男だし、女といえば廓の者ばかり。

いうところの素人女と出会うことは、一度もなかったのである。王子村でも、変わらなかったのは言うまでもない。

朝衣は玄人女であったものの、ほんの一年ばかりで落籍された振袖新造であれば、海千山千の強者とは言い難かった。

見ず知らずの、ことばが荒い江戸の長屋女房に「どなた?」と問われたことで、下を向いてしまった。

「耳が遠いのかね、それとも女泥棒とか」

「いえ、泥棒では……」

「なんだ、しゃべれるんじゃないの。誰なのさ、あんた」

馴れ馴れしいのが怖く、おきぬはますます縮こまる。そこへ信じ難い追い討ちがかかった。

「そういうことだったのね。あんた丸髷だもの、徳ちゃんを間男したってことだ?」

知らないことば「まおとこ」が出た。間夫なら遊女のいい人を言うが、魔男ならよくないことだろう。

「決してそんな」

「どうだろ、まぁ。いけしゃあしゃあと、間男なんか引きずり込んではいませんだって。おかしいじゃないのさ、本人が留守のあいだに上がり込んでるんだろ」

口が乱暴だ。おきぬは、漁師の女房と異なるきつさに負けそうになった。

とても言い返せない。ひと言を吐けば、三つ四つと戻ってくる。きっと地獄へ落ちて私は閻魔さまからこうした責めを受けるのだと思うと、とめどもなく涙がこぼれてきた。

「お止しなさいな、おくみさん。泣いてるじゃないの。どうやら、わけがありそうよ。ここは、あたしが」

幸次郎の女房が、親身な笑顔で、長屋女ふたりを追いやってくれた。

戸を閉めると、おきぬの肩を抱くようにして上がり框にすわらせ、自分も横に腰をおろした。

「ごめんなさいって最初に断っておくけど、あんた、素人じゃなかったでしょ」

「――――」

見抜かれていたことに、どうしていいか分からなくなった。

「あたしもね、品川に出ていたの、その昔」

四十に近い大年増はおやえと名乗り、少しだけ悲しそうな笑いをしてみせた。

「えっ」

「同じ匂いがね、なんとなくだけど」

言われて、おきぬはわけが分からなくなった。江戸の長屋に身を売っていた女が、それも亭主らしき男と暮らしているようなのだ。

――あたしも徳さんと、いつか。

おきぬは顔を上げ、肩を抱いてくる女房の手を取った。

少しばかり固い掌は、まぎれもなく水仕事をしている女の手である。

「ほんとうに、品川でお勤めを」

「そうよ、年季が明けるまで。その後は、遣手女になってずっと。さっきの亭主と、逃げるまで」

「逃げたんですか」

「もっとも、追っ手はなかったわ。遣手の婆さんなんて、追い出したいほどだもの」

女房は笑った。そして自分を、おやえと呼んでいいと言った。

「いいえ、お姐さんです」

「やだわよ、昔を思い出しちゃうわ」

「そうですね……」

素人になれたからといって、玄人だったことは消せないのだと分かったのが哀しく思えた。

「駄目、下を向いちゃ」

顔を上げてないと、運が逃げるとは、吉原にいた時もよく言われたのを思い出した。

口をしっかり閉じて、おやえの顔をまじまじと見返してやった。

「それでなくちゃ。ところで、あなたの名は？」

「朝、いいえ、きぬと申します」

「おきぬちゃん、いい名じゃないの」

子どもの頃は呼び捨ての、きぬ。廓見世では、朝衣。落籍された王子村でも、きぬと呼ばれた。一度もおを付けてくれたり、ちゃん付けなどされた憶えはない。自分のような気がしなかった。

また泣いた。

「いやねぇ。泣くことなんか、一つもないんだってば。で、あたしが想うに、徳さんが懐かしくなってやって来た。ちがうかしら」

「はい」

「とても、いいお返事だこと。じゃ次は、ご亭主さんのところから逃げたのかどうかだけど、断わって出てきたの？」

おきぬは小さく首をふった。

「内緒で抜け出たわけね、今朝」

「昨日の夜……」

「早く仰言い。ちょっと待ってて」

おやえと名乗った女は、出て行ってしまった。まさか番屋へとは思いたくないが、吉原の会所に走られ身受け先に知らせるのではと怖くなってきた。

が、女は隣の家に入ったようだ。いま自分が出て行けば、すぐ知らされてしまうと思って止めた。

逃げようと思わなかったのは、死ぬ気でやって来たのではないかと思い返したからである。

――なんて情けないのだろう……。

生まれてこの方、死ぬ気になったことが三度あった。

九つのとき、高波にさらわれて溺れた。地曳き網に足を取られたことで、波にもっていかれたのである。が、一緒に網を曳いていた女たちは、見て見ぬふりをした。

仲良しの娘の母親で、なにかというと可愛い子は得だよと、おきぬを横目で睨む女だった。

助けてもらえない。海で死ぬのが自分の宿命と諦めたとき、船から手が伸びて救われた。以来、泳ぎは達者といわれるまでおぼえた。

二度目はもちろん、廓に売られた晩である。

「死んだつもりになって勤めなさい。でないと、このまま終わっちまうよ」

なにが終わるのか分からないでいたが、終わるとは見世から一歩も出ないまま投げ込み寺に放り込まれることだと分かった。

教えてくれた死ぬ気の意味は、悲しみなんか捨てて楽しくして見せろ。そうしていれば、いい客がついて、上手くすれば廓を出られるの意味だった。

そうして朝衣に、徳松という上客ができたのである。が、間夫は勘当となり、ちがう馴染客に落籍された。

三度目となる今の死ぬ気もまた、思いどおりにならないかもしれない。とはいえ、過去の二度とも死なずに済んだし、廓の外にも出られたではないか。

だとすれば三度目も死ぬ気ならと、おきぬは肚を据えた。

「待たせたわね。お腹すいたでしょ？」

おやえが持って来たのは、握り飯と沢庵漬だった。

「えっ……」

「お代をよこせなんて、言わないから。たんと召し上がれ」

召し上がれということばも、使われた憶えがないのでむず痒くなったほどである。でも、飯の塊を前に手を出した。

「すみません」

ほかのことばは出なかった。空腹といっても、昨夜は食べているのだ。一日や二日、食べなかったときもあった。

それでもおきぬが握り飯を頬張ったのは、力をつけたかったからである。腹が減っては戦さができないの譬えどおり、勇気をふるうには肚を据える必要があるのだ。

「死ぬつもりです。いいえ、徳さんにひと目逢えたなら、死んでもいいんです」

そう言うため、おきぬは勇気という助けが必要だった。

食べた。脇目もふらず、恥を捨ててむしゃぶりついた。

「お茶もあるのよ、上等じゃないけど」

これも引ったくるようにして、飲んだ。熱かったが、体は温まった。

ひと息つくと、おきぬは顔を上げて高らかに声を上げた。

「徳の若旦那に逢って、死にます」

「あはっ。あらまぁ、一人で死ぬの？　ふたり一緒でなく」

笑われたことに、おきぬは少し腹が立った。

「おかしいでしょうか」

「いいけど。どこで、どうやって死ぬつもり？」

「どこでと言われても……」

「なら、大川に身を投げるとか」

「泳ぎは上手いんです。安房の漁師の娘でしたから」

「だったら首を吊るとか、出刃包丁っていうのもあるけど。あなた、本気なの？」

顔を覗き込まれ、真剣な目を返した。

「本気に、見えませんか？」

「わるいけど、見えないというより逢いたい逢いたいばかりで、その先を考えていないようだわ」

「――――」

図星を指されてしまった。

死んでもいいと思い詰めていたが、死ぬ方途も、なにを区切りに徳松のもとから去って行くかも考えてはいなかった。

「あなたねぇ、逢ってみたら離れられなくなるんじゃない？　徳さんだって、あなたに逢いたいはずだろうから、離さないと思うけど、どうかしら」

言われてみると、どうしていいものか分からなくなってゆく。

徳松が邪慳に追い払ってくるなら、そのまま死ねるだろう。しかし、逢いたかったと抱き締められたら、どうやって別れられるだろうか。

それどころか、心中をしようと持ちかけられたらどうすればいいのだ。

おきぬは口を開けたまま、唇をわななかせた。

愛しい徳松には、幸せになってほしかったのである。大店の倅と田舎出の女郎は、釣りあいが取れないと分かっていた。

所帯を持つことも、妾として囲われることも、夢でしかないのだ。

夢。なんと嫌なことばだろう。

決して叶うことのない望みは、寝ているあいだに見ることしかできないものだった。

「まぁなんであれ、徳さん帰ってないのよ」

「昨日から？」

「そうね。でも、廓通いなんかじゃないでしょう。懐具合は知れてるものの、岡場所でも無理だわ」

「いいんです。女買いに行ってくれたほうが」

「随分と弱気ね。分からないでもないけど」

おきぬは訊かれるばかりなのが堪らず、今度は先に口を開いた。

「ほんとに、廓勤めをなさっていたんですか」

「ええ。品川の大勝楼って見世よ、去年までね」

「里ことばが少しも──」

「出ないって言いたいんでしょ。品川なんて宿場じゃ、大層な廓ことばは使わないわ。そりゃもちろん、町なかとはちがう。でも長くいたから、思わず出ることもあるの。水を汲んでくんろ、なんてね」

おやえは大勢がいるところでは、今もできるだけ口を閉じていると笑った。

考えもしなかった話をされ、おきぬは堅気の女房など自分にはとても無理だと、やっぱり夢のことだと苦笑いになっていた。

「ごちそうさまでした。もう帰ります」

「駄目よ。最後を見届けてから。どこへ帰るか聞かないけど、徳さんに逢ってから死ぬんでしょ」

一から十まで、おやえはお見通しのようだ。

おきぬが口だけで笑うと、おやえは竈だけの狭い台所に下りて包丁を取り出した。

「心配はしていないけど、刃物沙汰だけは御免だから、片づけさせてね」

徳松に斬りつけるのではなく、おきぬが自らを傷つけるかもとの気遣いゆえである。

「ついでに言っとくけど、梁にぶら下がろうとしたって駄目。この長屋、あなたの目方に耐えられないのよ」

笑いながら、かつて廓にいたという女房は出ていった。

なるほど目の錯覚かと思えるほど、家はどこもかしこも傾いでいた。おきぬ自身も動いたつもりはなかったが、少し端のほうへ寄っているようだ。

可笑しくなって、吹き出した。

四

どこをどう歩きまわったものか、徳松は自分でも憶えていない。王子村を出て、朝衣が行きそうなところをさがしつづけた。

女の足では、生まれ育った安房に行けるはずはない。一文も持っていないはずと言われたのだから、船にも乗れないだろう。

行きそうなところと考えてみたが、思いつくところはなかった。それでも徳松の親元が暮らす材木町の周辺は、念には念を入れて歩いた。

「おや、若旦那。番頭さんなら、奥に――」

「しいっ。用があって来たんじゃない」

箒（ほうき）を手にした小僧が気を利かそうとするのを、徳松は制した。

「余計なことをするんじゃない」

「お内儀（かみ）さんでしたら、朝からお芝居です」

「伜（せがれ）が泣いているというのに……」

「今なんと、仰言（おつしや）いましたんで」

「うるさいね。ところで、今日どなたか訪ねて来たお人はいないかい。あたしに」

「相模屋さんが将棋の相手がいないって、旦那に文句をつけに来ました」

「男じゃなくて、女が店の前を行ったり来たりなんてぇのは、なかったか」

「また芸者かなにか、若旦那は手を付けちまったんで？」

「銭（かね）がないのは知ってるだろうに。今どきの女は、男ぶりより銭だ」

「あは、あははっ」

「小僧のくせして高笑いなんぞ、十年早いぞ」

「へぇい。そういえば、店の前を行ったり来たりがいました」

「若い女か」

「お職人ふうの人でして、うちに用があるのかと声を掛けましたところ、首をふっていなくなっちまいました。ところが小半刻（こはんとき）もすると、またあらわれたんです」

「分かったよ。あたしが来たこと、誰にも言うんじゃない。いいね」

徳松は上目づかいをしてくる小僧に、小銭を握らせた。

「お有り難うございい」

「乞食じゃなかろうに――」

「えへへ。お客にではなく銭に頭を下げろと、旦那の口癖です」

「……。店が繁昌するわけだ」

捨て科白を吐いた徳松は、浅草寺なら来てもおかしくはないと、人の多いほうへ足を向けた。

境内に入ると、人の山だった。

それらしい女を見つけると走り寄り、まちがいと知ってガッカリする。

――おきぬはきっと、あたしに逢えるようにって願掛けに来ているに決まってる……。

五人、十人、二十人と顔を確かめては次の女と、雀が餌をついばむように歩きまわった。

「ちょいと、これで三度目ですよ。なんなのさ、お前さん」

「済いません。人さがしをしているもので」

謝まる数がふえ、諦めざるを得なくなっていた。

足が棒になるというが、徳松の足は今にも折れそうな串のようになったまま、阿部川町の紅梅長屋の口に立った。

なにも食べずに歩きまわったことで、目がまわりそうになり、思わず厠の柱に取りついた。

ガタッ、ガタガタ、バッタリ。

勾配長屋では、厠だけが真っ直ぐだったはずが、屋根もろとも音を立てて壁が倒れ、埃（ほこり）が四方に舞った。

「な、地震（なゐ）よぉっ」

長屋から女房の声が上がり、ガタピシと傾いだ戸を開けようとする音が聞こえた。

「まずいっ。長屋まで壊す――」

徳松は折れそうな足をシャンとさせると、その場から逃げ出した。

「やだ。また誰かが、もたれ掛かったんだわ。ここは用を足すところで、寄り掛かる人なんかなかったのに」

「おくみさん、どうしたのさ。あらっ、お厠が……」

弥吉の女房おまちは、屋根が地べたと変わらない高さになっているのを見て、目を白黒させた。

「どうしようね、用を足すときだけど……」

「別にわるいことするわけじゃなし、堂々とお尻まくって出すもの出せばいいのよ。うちの人が帰ったら、直させるわ。どうせ、うちの弥吉が組み立てたんだもの」

「建てたんじゃないの？」

「厠なんか、どうだっていいでしょうに」

組み立てたのことばに、幸次郎おやえの夫婦に、おきぬも出てきて笑った。

おきぬには、思い出したことがある。吉原に売られる前の漁師村には、厠という場所がなかったのだ。

「用なんぞ、浜へ行ってするっぺ。ついでに尻も洗ってこいっ」

冬は寒かったが、尻はいつもきれいだったのを憶えている。

天下の江戸よりも、漁師村のほうが進んでいたような気がして嬉しくなった。

それにしても徳松はどこをほっつき歩いてるのだろうと、夕暮れ近い空を見上げた。

烏が塒に帰る時分なのか、二羽三羽と西へ飛んで行く。

吉原へ来たばかりの頃、烏がわが者顔で上野の森へ帰る姿を見て、泣いていたのを思い出した。

〽日の暮れ方に　空見れば　塒へ帰る
鳥さえも　妻を慕うて　行くものを　哀しやこの身は　籠の鳥

こんな端唄を歌いながら、夜遅くやってくる新内流しが憎かった。

籠の鳥と同じ外に出られない身が、とても切なく一人で涙を流していると、姉女郎に揶揄われた。

「あんたが泣いたって、誰もなんとも思やしないんだよ。あたしらが慰めあっても、得する者もいない。嘘でもニッコリして、お客を喜ばせるのが勤め。笑ってごらん」

「とても……」

朝衣と源氏名が付いて見世に出たものの、陰気だと言われて客はあまりつかなかった。

お茶を挽く晩が多くなり、見世の主人たちは鼻に小皺を寄せた。

今に折檻がはじまって、痛い目をみるだろうと覚悟して唇をかんでばかりいた。が、いっこうに酷いことをされる気配がなかった。

姉女郎に訊ねると、呆れられた。

「どこに、自分とこの売り物を台無しにする商人がいるのさ。指先の傷ひとつでも、隠すのが決めごとだわよ」

芸者とちがい、女郎が年中裸足なのは、足袋胼胝を作らせず、きれいな素足でいられるためとも言い足した。

なるほど客が付かない朝衣にも、同じだけの食事が与えられた。すると、いつのまにか申しわけなさが先に立ってきた。

好物が出たときなど、知らず笑みがこぼれた。

客が付いて、土産の菓子などもらうと、また笑う。

漁師の娘らしい満天の笑顔が、評判を取りはじめたことで、苦界の辛さを忘れていた。

「浜辺で尻をまくるのと、同じだっぺ」

土地の訛でつぶやけるまでになった頃、徳松があらわれた。

おきぬが、人間に立ち返ってしまったのである。恋が情という愛着を生み、女そのものが剝きだしになってしまった。

足元を見つめた。藁草履、素足、爪先に泥が付いている。

徳松が褒めてくれた足では、なくなっていた。もう昔の朝衣には戻れないし、王子村へも帰れなくなっていた。

崩れ落ちた厠の前に、井戸が見えた。
手拭を出し、おきぬは足を濯（すす）ぐべく水場に向かった。

三　気づけば座敷牢

一

　三十郎は市中に戻り、昨夜から土左衛門が出たとの報告はなかったかと、南町奉行所へ駈け込むことにした。

　表門を堂々と通りすぎることができたのは、同心の姿だったからにほかなるまい。

　――与力たる者が同心に身をやつすなど、情けないにもほどがある……。

　悔しいとは思うものの、奇妙な姿であれば誰何され、厄介この上ないところが役所なのだ。

　おれも堪えるだけの人間に成長したと、内心で北叟笑んだ。その薄笑いが、若い役人の目に止まった。

「その黒羽織、北町の者か」

黒羽織は、町方同心の通称となっている。三十郎がふり返ると、若い与力があごを上げていた。

目の下の黒子が目立つ太めの男で、知らぬ顔だった。が、三十郎は下手に出た。

「南町の与力、紅と申す。わけあって、かような同心を装っておる。そなたは」

「与力、蜂山市之丞だ」

「あの吝山どのの、子息か」

「け、けちやま……。無礼は、赦さぬっ」

古参与力だった蜂山は、爪に火を灯すと評判の男であった上、紋付袴は年代物で継ぎ接ぎも恥じず、昼の弁当は白米に梅干が三つ、同心たちの惣菜を味見といって摘まんでゆく名うての渋ちん役人と笑われていた。

「そうであったか、蜂山どのは隠居なされたか。すると、そなたは与力見習というわけだ」

見習のことばに力を込め、ニヤリと笑ってやった。

市之丞がたじろいだのを見て、三十郎は自分も与力見習であることを口にせずともよさそうだと、嬉しい思いに浸ることにした。

「ところで、用向きはなんでしょう」

　ことば付きが変わったのは、三十郎を正規の与力かと迷っているのだろう。小役人にありがちな、上に篤く下に横柄というやつだ。

「内与力を今もなさっておられるかどうか、拙者は分からぬのだが、高村さまはおられるか」

「遠山さまの、でございますね。今日も来ておいでです」

　こちらへと案内する腰の低さが、おかしかった。

　三十郎も八丁堀にやって来た時分は、驕慢だったことを憶えている。しかし、目上の者にペコペコするものかと心懸けていた。

　先を歩く与力見習も、影目付として市中に放り出されると良くなるのにと、余計なことを考えた。

　奉行の用部屋の向かいに、高村喜七郎は小机を前にして書物を繰っていた。三十郎を見て、笑った。

「なんだ、紅。その様は笑えぬな」

「仰言りながら、笑っておられるではありませんか。高村さま」

　喜七郎と三十郎がよく知る間柄と見て、市之丞は去っていった。

「おかしくて笑うのと、呆れて嘆くのに大きなちがいはない。ところで、帯にある十手と脇差、右横の差料は本物か」

「芝居の、小道具でございます。このとおり、竹に色をつけた物」

十手を抜いて、自分の頭をポコッと叩いて見せた。

「空馬鹿は、それなりの音が致すものであるの。しかし、図に乗って役人風を吹かすなよ。えせ同心と見破られると、問答無用で斬られるぞ」

「承知しております。本日はうかがいたいことがあり、参りました。遠山さまは、もうお奉行ではないのでしょうか」

「はぁ？」

素頓狂な声を上げた喜七郎は、今ごろになってなにをと目を剝いた。

「いえ。まちがっておるのであれば、謝ります」

「あのなぁ、南町に限らず役人は誰もが知っておることだ。遠山さまは自ら辞し、寄合席の身になった。が、引き継ぎを含め、奉行としてのありようをときどき指導されに参っておられる」

「高村さまは」

「おれは伝達役ってところだな。毎日ここに詰め、遠山さまのところと行ったり来たり。今しばらくつづきそうな気が致す。それにしても、おぬし、今まで知らなんだのか」

「恥ずかしながら……」

「新任となった池田播磨守さまの訓辞を、聞いておらなかったと――」

「なんとなく聞いていたような、それとも務めに忙しくうかがわないでいたかもしれません。あはは」

「紅らしいというか実直にして不心得、生真面目ながら間抜け、暗愚な上に鈍にして盆暗――」

「もうそのくらいに願います。それでも市中に下野したことで、賢くなりました」

「下野と申すのは、功なり名を遂げたお方が用いることばだ」

喜七郎は開いた口がふさがらないと、わざと口を開けて喉仏まで晒して見せた。

「高村さま、食後に房楊子を使うことをお奨め致します。歯が――」

「それがおぬしの欠点だ。余計なところに目を移す。で、今日の用向きは」

「あっ、肝心なことを忘れるところでした。大川に土左衛門が出ていなかったかと……」

「身投げか。それとも、出そうだと申すのか」

三十郎は徳松おきぬのあらましを話すと、大袈裟に眉を寄せて見せた。

「大店の伜と、元女郎。掃いて捨てるほどある話であろう。うっちゃっておけ、始末はいずれつく。おぬしが気に病むものではない」

「そうは仰せですが、若い者の命が――」

「左様な瑣末なことより、異国が攻めてくるやもしれぬのだぞ」

今年になってからの奉行所は、南北とも月番に限らず黒船が江戸湾に入ってくるかもとの難題を抱え、右往左往の有様。若い二人の心中騒ぎなどに関わってはいられないと、喜七郎は立ち上がった。

「となりますなら、この紅も市中見廻り影目付としてお役に立つことは――」

「ないっ」

言い捨てて、出て行った。

そういえば奉行所内が、妙に静まっていた。あらわれたのは与力見習ひとりで、役に立ちそうもない若造である。

盗っ人や辻斬りより、黒船から放たれる大砲のほうが大ごとなのだ。ましてや心中など、打ち捨てておく案件にちがいなかった。

三十郎は奉行所が大勢を率いて、大川の両岸を捜索してくれるものと考えていた。甘かった。ならば暇な奴と、見習の蜂山市之丞に思いを至らせた。

廊下に出ると、市之丞が丸い腹を揺すりながら動きまわっていた。用もないのに、忙しがって見える。

「おぅ蜂山」

横柄に胸を反らせた三十郎は、手招きをした。

呉服屋の番頭が客の前に来るような市之丞のかたちは、滑稽だった。が、ここは先輩風を吹かせようと、威丈高に出た。

「さる大店の倅が、人さまの女房と懇ろになってな……。分かるであろう、親の気持ちを」

「はっ。商売に差し障るばかりか、相手の亭主より訴えられかねません」

三十郎は落籍された女と、徳松という間夫のあらましを手短に話し、協力を求めた。

「揉み消すと申すのはよろしいことばではないが、上手く始末してくれたなら南町に御礼をと言われておる」

「分かりますっ。新参者として、この蜂山、奉行所の金蔵を富ますべく働きます」

「そう張り切らんでも、大川沿いを見て廻るだけでいいのだ」

「川沿いを、ですか」

「うむ。心中、あるいは一方だけが身投げをしかねぬ様子でな……」

「つまり死を選んだとしても、内々で処理せよということですね」

「分かっておるではないか、蜂山。頼もしいぞ。お奉行の池田さまへ、おぬしのことよろしくと申しておこう」

市之丞はこれ以上ないほどの笑みを噛み殺しながら、若い男と女の特長を聞き取っていた。


――もう大川に呑まれて、死んでしまったのだろうか。

吾妻橋(あづまばし)の欄干(らんかん)にもたれながら、徳松はおきぬの今を想った。

王子村へ出向き、中におきぬがいると知りながら、徳松はなにもできないでいた。

あのとき「今も好きだ。一緒に所帯を持とう。心配するには及ばないよ、お父っつぁんに頼んで買い戻してやる」そう言えたのである。

悔んでも遅い。が、おきぬが死んだと分かったわけではない。

後追い心中をと思い立って来た橋の上だが、徳松は身を投げられなかった。足は串、腹も空いていれば、それだけで死にそうなのだ。

――このまま倒れりゃ、死ねるかな。

幼稚な考えから、徳松は欄干に寄りかかるようにすわり込んだ。

「お兄さん、大丈夫かい？」

背に荷物の男が、声を掛けてきた。

「ええ、ちょいと休んでるだけで」

食べものを恵んで下さいとは、口に出せなかった。

思ったことを、言えずに呑んでしまう。昔からの癖で、若旦那とか坊ちゃんと言われていたのに、妙なところで引いてしまうのである。

嘘も下手で、すぐ相手に見破られた。

「おまえは商売に向かないようだ」

親父に言われた。うちの家作（かさく）を幾つかやるから、それで暮らせと。が、徳松はそれをよしとしなかった。

立身出世と行かないまでも、なにか成し遂げたいと夢を見ていた。

それがどうしたことか、勘当の身となった末に今の体(てい)たらくである。

「乞食がおるようだ。ヒック」

酔漢が、目の前で笑っていた。見るからに汚ならしい浪人だった。明るい内から飲んでいるのは、思わぬ稼ぎがあったからだろう。

かかわりたくないと、徳松は川面(かわも)を眺めた。大川が金色に光り、まぶしかった。目を細めたのが、酔漢の気にさわったようだ。すり減った草履(ぞうり)で、徳松を踏みつけてきた。

「やい、乞食。拙者を今、汚ないものでも見るような顔をしたであろう」

「おまちがいでございます」

「武士に向かい、反駁(はんばく)いたすとは小癪者(こしゃくもの)め。無礼討ちにされたいか、ん？」

腰の差料に手を掛けながら、くさい息を吐き掛けてきた。

が、徳松には浪人をやりすごす小銭さえも、懐(ふところ)になかった。

「ほほう。これでご勘弁をとの包みものは、出せぬと申すのか」

橋の上を通る者はみな、見て見ぬふりで避けていった。

「お侍さま。わたくしは死のうと思って、ここに参りました。よろしければ、そのお刀でひと思いに――」

徳松は自分でも信じ難いことばを吐くと、堂々と顔を上げ、首を差し出した。

「えっ。死にたいと申すか……」

「憂(う)き世を儚(はかな)み、生きている甲斐もありません」

「早まることはない。親もおろうに」

「いいえ。その親に捨てられたのです。懐には一文(いちもん)もなく、ひと粒の米さえ口にできないのです。哀れと思い、どうかバッサリと」

「参ったな、いやぁ参った。若い身空にありながら、苦労をいたしておるのは感心な者と見た。これは少ないが、受け取るがよい」

すっかり酔いを醒ました浪人は一朱銀(いっしゅぎん)を二枚、徳松に握らせると立ち去ってしまった。

「………」

なんだか分からないものの、命拾いをした上に小遣いまで得た徳松である。が、立ち上がれないままだった。

必死になったことが疲れを呼んだのか、腰が抜けたようなのだ。

「こら、こら。橋の上にて、物乞いなどしてはならんっ」

「物乞い、わたくしでしょうか」

「見ておったぞ。浪人とおぼしき侍より、銭を強請っていたであろう」

高飛車な物言いの主は、羽織袴の太った侍で十手を差していた。

町方の役人である。徳松は立ち上がって、埃を払った。

「南町与力の面前にて、埃を立てるとは無礼千万。そこの番屋へ参れっ」

ひと筋縄では行きそうにない役人となれば、ことは面倒になる。勘当の身であっても、親の名から所まで訊かれるのだ。

徳松は恵んでもらったばかりの二朱を、そっと握らせようとした。

「な、なにをいたす。か、かような真似など」

鼻薬は、役人にこそ効くものだった。が、与力と威張っていたものの、たった二朱と気づいて腹を立てた。もっと寄こせと、手を上下に動かしたのである。

困ったのは、言うまでもない。徳松には、ふれる袖がなかった。このまま番屋へ引っ立てられたなら、痛い目を見るだろう。

「んっ。結城紬に博多の帯、顔が丸くて色白……。もしや、そなた徳松か」

「――――」

おどろいたなどと生半可なものでなく、徳松は仰天というのを生まれて初めておぼえた。

「徳松にまちがいないか？　さがしておったのである」

「わたくしを、ですか」

「紅どのが心配しておられてな」

「大家の」

「なにを申す。南町のご同役、紅どのだ」

「でも、なぜですか」

「万が一のことがあっては取り返しがつかぬと、拙者が、この蜂山が足を棒に致して……」

なにがなんだか分からなくなった。しかし、分からないまま南町奉行所へと、徳松は従わされた。

陽（ひ）が西へ落ち、大通りにうっすら靄（もや）が掛かっているように見えたのは、涙の所為（せい）だった。

こうして誰かが助けてくれるのが、無性に有難かったのだ。

「与力の旦那にうかがいます。おきぬは、生きているんですか」

「おまえの女、寝盗った女房のことか」

「寝盗っただなんて、まだなにも」

「まぁよい。死んではおらぬだろう。しかしまた、人さまのものに手を出すとは豪胆な」

町方与方は徳松を眺めながら、見た目とすることのちがいに首を傾げていた。

「あのぅ。人の女房を連れて逃げると、どうなるのでしょう」

「訴えられたなら、われら奉行所が裁断いたすことになる。町人の場合、多くは銭で片がつくようだ」

「幾らくらいで」

「大店の倅は、すぐそれだ。分からぬでもないが、二十や三十両では済まぬだろう。長屋住まいなれば、七両二分で済むが」

吉原の振袖新造だった女を、幾らで身請けしたか徳松は知らない。玉代の高い花魁ではないにしても、五十両と下らないはずだった。

――とすれば、百両も払わなければならない……。

勘当された倅のために、親父の太郎兵衛が大枚を出してくれるとは思えなくなってきた。

「うちの親父が払うわけ、ありません」

徳松が確信をもって言うと、与力は意外なことにうなずいた。

「であろうな。大店の主が、商いの足しにもならぬ銭は一文も出すまい。そうしたものである」

太った若い与力は急に思い立ったのか、足を止めて徳松を見込んできた。

二

手柄を、独り占め。

蜂山市之丞は目の下にある黒子を触りながら、徳松の顔を覗き込んだ。

「そなたの実家、近いのか？」

「はい。すぐそこの浅草材木町で、太物問屋をしております」

「店の名は」

「池田屋。太物を商って、もう四代になると親父は自慢してました」

銭はありそうだと、市之丞は踏んだ。

太物は木綿で、呉服の絹より格は下がるが、数でいえば段ちがいに客は多い。

それが問屋で四代もつづいているなら、蔵の三つや四つは建っているだろう。

――なにも、奉行所を通すことはない。おれ一人で放蕩息子を封じ込めれば、礼金の十や二十は固いか……。

「案内してくれ、池田屋へ」

「わたくし勘当の身でございまして、敷居を跨げません」

「裏木戸より拙者が入れば、文句は出まい。町方与力が表口から入っては、池田屋も迷惑であろうからな」

「そして、どうなさいますので？」

「勘当を解くよう、拙者が説得してやる」

「町名主へ届けが出されてますので、簡単に取り消せないのではありませんか」

「南町与力と、町名主のどちらが上か分かるであろう」

市之丞の自信たっぷりなひと言に、徳松はうなずいた。やはり、この倅は勘当の身が辛いようだ。

〝太物御用　池田屋〟とある看板は、すぐ目についた。

徳松に導かれるまま裏手にまわると、蔵が二つ見えた。二つしかないのかと思ったものの、蔵の二重扉が真新しいので口元がほころんだ。

「この家でおまえを庇ってくれそうなのは、誰だ」

「番頭の善六です」

「そうか。わるいようにせぬゆえ、おまえはここに待っておれ。逃げたら、お尋ね者となるぞ。分かっておるな」

「はい」

十手を抜くと、市之丞は勝手口に立った。

「誰ぞおらぬかっ。南町より参上、番頭に会いたい」

女中が飛んで来て、房つきの十手を目にしたとたん、すぐに奥へ引っ込んだ。

間もなくあらわれた番頭は、ヒョロヒョロした体つきの長躯(ちょうく)で、心なし青ざめて見えた。

「蜂山と申す南町与力である。そなたが、善六か。いや、町方御用で参ったのではない。当家の徳松に、かかわる話があってな……」

市之丞の目が裏木戸を指すところに、徳松が立っていた。番頭はうなずくと、小声になった。

「うちの若旦那が、なにか」

「離ればなれにしたつもりであろうが、ばか息子は人の女房となった女のもとへ走っておる……」

「切れませんでしたか」

「そのようだ。となると、この先は心中か、駈落ちか。女の亭主から訴えられても、この池田屋の看板に傷がつくぞ」

「はい。なんとかいたしませんと」

「当家の主もそれを気に掛け、内々に奉行所へ手をまわしたようだが――」

「いいえ、そのようなことはしておりませんです」

「番頭にも伝えなかっただけだ」

「若旦那のことでしたら、わたくしが一手に引き受けております」

「まぁよい。そこで拙者は、一計を案じた……」

「どのような」

「与力のこの蜂山が、南町の誰にも知られることなく丸く収めようと腐心いたした一計は……」

放蕩息子の勘当を解き、一人暮らしから元のように家へ戻す。ただし外へ逃げられない工夫として、座敷牢に入れる。一方、女のほうは情を通じた密男を亭主に訴えさせると明言した。

「となりますと、若旦那は訴えられる相手ですか」

「安心するがよい。訴状は拙者が、握りつぶしてやる」

「以前、土蔵へ押し込めましたのですが、そのあと若旦那はとんでもない真似をはじめて――」

「だから見張り付きの、座敷牢だ。それも短いあいだで済む。女が訴えられたなら、髪を切り尼寺へ送られる」

武家と異なる町家の女房は、亭主が訴え出ない限り男と寝ても、なにごともなかったかのように暮らせるものだった。

とは言っても、亭主とて泣き寝入りはしない。間男と掛け合って大枚をせしめたり、相手の仕事場に乗り込んで暴れもした。

長屋の女房の尻が軽いなどというのは俗な話で、嘘である。自分以外の子種で生まれたかもしれないと思った時点で、夫婦仲に亀裂が入るのは言うまでもなかった。

「女が尼に。それなら、よろしゅうございます」

どうやら番頭は、徳松がまっとうな男になるいい機会と信じたようである。

「座敷牢はあるのか」

「はい。母屋(おもや)の納戸(なんど)は窓ひとつなく、今夜にでも大工を呼べば、それらしいものは出きますです」

「よしっ。なれば拙者は町名主へ届出の撤回と、女の亭主へ訴えさせるべく向かおう」

市之丞の一計は、思いのほか早い展開を見せた。

裏木戸にいる徳松を呼び寄せると、番頭はことば巧みに母屋の奥へ導いていった。

ことが成就した暁には、礼金が市之丞へもたらされることだろう。

——父と同じ始末ばかりでは、吝山の名は消せぬ。おれは、もう一つの財布を作ってみせる。

新参の与力見習は、夕焼けが茜色に染まる中で、力強い一歩を踏み出した。

いつまでたっても徳松は、紅梅長屋にあらわれなかった。

隣家の女房おやえが、一緒に食べようと膳をふたつ持参した。

「旦那さんの分は」

「あるわよ。たまには独りもいいって、手酌をはじめたわ」

「お酌くらい、あたしが」

「止してちょうだい。若くて綺麗なあんたにお酌なんかされちゃ、どうなるものやら」

膳の上に載っているのは、魚の煮付、蓮の酢漬、蕗の薹の胡麻和え、味噌汁は若布だった。

「こんなご馳走……」

「また泣く、いやねぇ」

「すみません」

生きてるだけで迷惑の掛けどおしだと、おきぬは言いながら笑ってみた。

「笑えるじゃないの、それでいいんだって。そうしていれば、いずれ徳さんも帰ってくるわ」

気休めに聞こえなくもなかったが、ちゃんとした話し相手がいることで心寂しさが消えていた。

王子村の植木屋にいた婆やとは、ありきたりの話しか交せなかった。

「このお長屋に暮らせたら、いいでしょうね」

「暮らしたらいいじゃないの、徳さんと。夜になって寝るでしょ、朝起きると部屋の隅に二人して重なってるの、傾いでるから。毎朝よ」

「そうか。それでお櫃が、動いたんですね」

「あら。下に布巾敷くの、忘れた」

椀の味噌汁が、斜めになっていないのがおかしい。おきぬが首を傾げると、おやえは椀を持ち上げた。

「この糸底だって、わざと斜に切ってあるの。でも、まちがって逆に置くと倒れちゃう。気をつけて置いてね」

「それだったら、箱膳の底を斜にすればいいと思います」

「みんなそう思うのよ。でもね、平らな土間に置いたとき駄目。勾配は、家だけだから」

ふたりして大笑いした。

楽しい暮らしが、江戸の町なかにあることが、おきぬを夢中にさせた。

文字どおり、夢の中にいる気分だった。

向かいあっているのは、客でもなければ母でも姉でも朋輩女郎でもない。が、自分以上に苦労してきた苦界に沈んでいた女なのである。

にもかかわらず、今日知りあったばかりの自分を笑わせ、いい気持ちにまでさせてくれるのが不思議で仕方ない。

朝衣を名乗っていた時分、年季を勤め上げて遣手となった元女郎は、誰もが卑しいだけだった。

意地わるまでしなかったものの、客の吸い残した煙草の粉をあつめたり、注文してもたらされた台ノ物を摘んだり、鼻をかんだ紙の汚れていないところを切り取って水に晒して乾かし、落とし紙に使っていたからである。

始末することが卑しいのではなく、人間そのものが下劣になっているのが嫌だった。

「おやえさんに一つ、聞いてみたいことがあるんです」

「なにかしら。あなたになら、なんでも答えてよ」

「あなたって言われたの、はじめて……」

泣けて泣けて堪え切れなくなり、声を上げた。

「やぁね、また泣くの？　ちゃんと仰言いよ」

涙を拭き拭き、遣手だったのにどうして下品にならないのかと訊いた。

「そりゃ上品とは言えないけど、欲ってものを捨てたからかしらね」

「欲、ですか」

「だって地獄じゃないの、あの里って。閻魔さま相手に、欲をかいてもね」

「………」

同じ苦界に身を沈めたというのに、なんとちがうのだろうとふたたび自分が嫌になると、箸をもつ手が止まってしまった。

「あら、口に合わない？」

「とんでもないっ。美味しすぎて、申しわけなくて」

涙と一緒に、口の中へ掻っ込んだ。

「食べ終わったら、お湯屋へ行かないこと？」

「お湯屋って、町なかにある外湯ですか」

「外湯だなんて言い方、聞いたこともない。この長屋の大家さんが、番台をしているのよ。暮五ツまでは、やってるわ」

おきぬは湯屋を知らずにいた。故郷の村では家の外に大樽があって、海から戻った男たちが入った。

吉原に売られてからは、見世の内湯である。王子村の家には職人たちも入る湯が土間にあり、おきぬは亭主の次に入れた。

「湯銭が……」

「いいのよ。番台のお侍さんには、ときどき御飯を作ってあげてるんだもの」

「裏長屋というのは、互いに助けあうところだって聞いてます。ほんとなんですね」

「信じてるの？　そんな嘘」

「えっ。だって貧しい者同士、肩を寄せあって――」

「嘘に決まってるでしょ。ほんとのことだったら、江戸には飢える人も、借銭に首がまわらなくなる人もいないはずだわ」

食べ終えた器を片づけながら、おやえは自分自身がうなずいているように見えた。

おきぬは器はあたしが洗いますと立ち上がり、長屋の者同士が助けあうわけがないと言ったおやえの顔を覗き込んだ。

「一から十まで、江戸のあれこれを教えないものでもないけど、少しは自分で考えることをおぼえなくちゃね」

「あたしは賢くないので……」

「だからよ。自分が考えてゆくことで、賢くなるんじゃないかしら。あたしだって、あなたの年の頃は馬鹿だった」

「そうは思えません」

考えるなどということは学問のある者がすることであって、――と言おうとして、おやえの顔をまじまじと見ながら口を開いた。

「品川で、ほんとうに出てたんですか」

「じゃあなにをしていたと思うの？」

「手習のおっ師匠さんとか、偉い学者先生の娘だったとか」

「ひゃぁっ」

悲鳴のように笑ったおやえの声に、亭主の幸次郎が顔を出した。

「ど、どうしたっ」

「わ、わぁっ」

今度は、おきぬが叫んだ。

あらわれた幸次郎は、褌を手にするだけの丸裸だった。

叫んで目を覆ったおきぬを見て、おやえが感じ入ったようなことばを吐いた。

「やっぱりだわ。あなた、根っからのお女郎じゃない」

「一年ばかりいただけですから……」

「それで充分だわよ。たいがいは、ひと月もいると男の裸なんてなんとも思わなくなるわ。ちょいと、おまえさん。なんだって、そんな恰好なの」

「湯へ行くんで、汚れた褌じゃまずい。替えようとしたところに、おまえの悲鳴が聞こえたんで、取るものも取りあえず……」

「嬉しいけど、若い人の前で。隠しなさいってば」

「こりゃ、失礼をば」

幸次郎は、首の後ろを掻きながら出ていった。

「仲がおよろしいんですね」

「だからよ。夫婦くらい仲良くしないとね、長屋の連中は助けてくれないの」

「裏長屋のみなさんって、そんなに薄情なんですか」

「昔は知らない。でも当節は、表長屋でも稼ぐことだけに必死だわ」

おやえは銭だけの世の中になって久しいでしょと、おきぬをうなずかせた。

「この長屋も、同じですか」

「まぁね。入口の按摩さん、百両貯まると出て行くらしい。晴れて座頭貸のお仲間となれば、蔵が建つそうよ。それまでは、一文たりとも人のために使わない。わるいことをしているんじゃないのだから、咎めるものではないわ」

「…………」

見ると聞くとでは、大ちがいということのようだ。それでも大江戸と呼ばれる町に、暮らしてみたくなった。

「できることなら、徳松と」

女房になると、欲をかくつもりは毛頭ない。妾にしてもらえるだけで、上等。どこぞに女中として雇われ、月に一度か二度逢ってくれるだけでも充分な気がしてきた。

おやえは手拭を用意し、おきぬに湯屋へ行こうと立ち上がった。

三

与力見習の蜂山市之丞が王子村を訪ねたのは、すっかり桜が散ったあとの明五ツ刻で、近くの飛鳥山では子守が所在なさげに赤子をあやしていた。

植木屋の次郎吉と名を出すまでもなく、広い庭をもつ家はすぐに分かった。

まず十手を取出し、衣紋をつくろう。次に軽く咳払いをして、表口で声を上げた。

「誰ぞ、おらぬか」

大きな表戸の小窓がわずかに隙間を見せ、中から眼が光った。

「おるのは知れておる。出て参れ」

房つきの十手を掲げれば、出てこない者などいないのだ。

あらわれたのは小柄で鼻の短い老婆、見るからに雇われ女と分かった。が、町方与力の市之丞を見ても恐縮の体(てい)をしないことに、不愉快を通り越して赦(ゆる)しがたくなってきた。

「婆さん。目がわるいか」

十手を鼻先にチラつかせたが、臆する様子もなかった。

「なんの御用向か知りませんですけど、この家の主(あるじ)は留守でございますよ」

「どこへ参っておる」

「植木屋なんて申しましても、うちは三日四日と泊まりがけでの仕事が多いのでしてね。たぶん川越のほうだったかと、聞いてますです」

「たぶんとは、なんだ」

「目くじらを立てることは、ないでしょう。あたしはごらんのとおり、留守番をしているだけなんだから」

太々(ふてぶて)しさが堂に入っていることに、市之丞のほうこそ戸惑った。

「左様なれば訊(たず)ねる。当家の主は次郎吉と申し、女房なる者はおきぬに相違ないか」

「ええ。ただし、女房は二日前から行方知れず。あの女狐（めぎつね）のことで、江戸より王子村まで足をお運びでしたか」

「女狐と申したが、なにをもって左様な呼称を用いる」

「こしょうというのは、差し障りをいう故障ではなく、呼び方のほうで？」

「多少の学は、あるようだな。婆さん」

「年寄りだ、婆ぁだと見縊（みくび）っちゃいけませんですよ。この物騒きわまりない御時勢に、無筆（むひつ）じゃ損をしますからね」

「………」

江戸の府外で、植木屋の雇われ女が損得を口にしたのが、おどろき以上に市之丞を魂（たま）げさせた。

老婆は見るからに拙（まず）い面（つら）だ。禿げあがった額（ひたい）の下に、金壺眼（かなつぼまなこ）。鼻はひしゃげて短く、歪（ゆが）んだ口元を一文字に閉じようとしていた。

いわゆる下品な顔だ。ところが、そこいらの女とちがい弁が立つ。

八丁堀に育った市之丞にとって、お目にかかったことのない女だった。

奉行所内で同心にまで軽んじられている市之丞に、心を拓（ひら）いて打ち解ける者はいない。

――逆手を取ってみるのも、ありか……。

人と異なることをして、出世をみた者がいる。遠山金四郎と言った無頼は、先ごろまで名奉行だったではないかと気づいた。

「お年寄り。名を、なんと申す」

「急に声色を変えて、名を訊きますか？」

「うむ。おまえさんの悧発ぶりに、この与力いたく感心致した。どうだ、拙者の影御用をしてみぬか」

「その影御用とは、それと気づかれずに働き、お給金もいただけると……」

「左様である。まずは、手付けだ」

市之丞は先刻まき上げた二朱を、婆さんに握らせた。

「ふで、と申しますですよ」

一本欠けた前歯を見せながら、ひったくるように受け取った。

「早速だが、おふでの役は当家の女房おきぬを、尼寺へ追いやることになる。わけもあるまい」

「成就した暁は、お幾らほどがいただけますかしら」

「五両。武士に二言は、ない」

市之丞が真顔でうなずいてやると、おふでは歪(ゆが)んだ口元をさらに歪めて笑った。それを見て、市之丞は亭主が女房の不貞を公儀(おかみ)に訴え出たなら、おきぬは遠からず尼寺へ行かざるを得なくなると断言した。

「相手の男、ってぇのは？」

「浅草材木町池田屋の倅(せがれ)、徳松という若造だ。かつての、間夫(まぶ)さ」

「ほほほ。というわけなら、こちらのご亭主次郎吉さんを焚きつければよろしいんですね」

「話が分かるではないか、おふで……」

届け出る先は、月番でなくても南町奉行所。与力の蜂山へと、付け加えた。

三十郎が亀の湯の番台から、終(しま)い湯となるので降りようとしたときである。

「ごめんなさい。まだ、よろしいかしら」

「なんだ、おやえさんか。ん、お仲間かな？」

二人分の湯銭を置いた女房の後ろに、もう一人丸髷(まるまげ)が入ってきた。

「まぁ、ご挨拶ですこと。なんだ、とは酷(ひど)いわ」

「済まぬな。どうしても口がわるいのが、治らん。江戸っ子は五月の鯉(こい)の吹流しと、申すのでな」

「口先ばかりで腸はなしと仰言りたいのでしょうけど、腸も少しありそう」

「どうある？」

「若い女房を見る目が、ちょっといやらしい」

「それだけは、ご安堵ねがおう。取って食うつもりは、さらさらない」

「はいはい。信じましょう」

幸次郎おやえの夫婦は、もともと口数の少ないほうだったが、今夜の女房はやけに陽気に見えた。

が、後から入ってきた女は、大人しいようだ。人目を憚るほどではないものの、どこか陰なところがうかがえる女だった。

まだ二十歳前に見えるが、なんとなく老成しているので、三十郎はお仲間かと言ったのである。

小づくりな顔だちと浅黒い肌が働き者を思わせたが、着物を脱ぐ仕種は丸髷の女房らしくなかった。

ゴチ。

「番台っ。しげしげと若い女房の裸を盗み見るなんて、いけないね」

「痛いじゃねえか。あっ、家主の婆ぁ。湯桶で侍の頭を叩くとは、不届千万」

「言いようがちがうと、なんど言えば分かるんだろうね。お家主さまの、お内儀とお言い」

「おたね婆ぁじゃなくて、業突く張りの因業老女さまでしたっけね。亀の湯の桶が壊れますので、叩くのはお止めねがいます」

「壊れるほど丈夫な頭は、頑固ってことだろ。頑固すなわち、野暮天、田舎侍。阿部川町に来たときは、浅葱裏だったたっけね。あたしが仕立て直してやったんじゃないか」

「喧嘩売ろうってつもりか」

「やだねぇ。町人の女相手に、喧嘩。小役人そのものだよ、まったく。たまには奉行と言い争ってこいってんだ」

　奉行の名が出て、三十郎はニンマリとして言い返した。

「婆さん。南町のお奉行は遠山さまじゃねえのを、知ってんのか」

「池田播磨だろ」

「し、知ってるの？　呼び捨てるのか」

「知らなかったとでも言うのかい？　その顔を見る限り知らないでいたね、へボ役人」

「…………」

奉行所の者ばかりか、市中の町人までが奉行の交代を知っている。グゥの音も出ないとは、このことだった。

「おや、知らない顔がいる。紅梅長屋のと、一緒かしら」

新顔の丸髷を見て、おたねは番台を見上げた。

「どう見るかい、家主さまの内儀さんは」

「芸者じゃないよ、あれは。でも、素人でもない……」

店子を数多く見てきた家主の女房が、首を傾げている。

「明日にでも、おやえさんに訊くか」

と言ったところに、亭主の幸次郎が湯から上がってきた。

「飛んで火に入るだな、幸さん。おまえの女房が連れてきたお人は、どなたかい」

「気になりますようですな。若くて色があるけど、丸髷ですからね」

「もったいぶらず、教えなさいよ」

家主の女房から番台ごしに小突かれ、幸次郎は声をひそめた。

「うちの隣にいる若旦那が勘当されたのは、あの人の所為でした」

「——」

噂の、というより徳松が今も恋焦がれている女おきぬだと言われたことで、三十郎はことばを呑み込んでしまった。

「ということは、吉原にいたんだね」

家主の女房も声を落とし、裸になって湯殿に向かうおきぬを見込んだ。

後ろ姿は尻も垂れていない上、引き締った肌理の細かい肌だった。奥へ入ると、湯気が裸身を消してしまった。

元女郎とはいうものの、青くささが残っていた。それもまた、徳松を惹きつけたのだろう。

まだ若い徳松には、天女が舞い降りたも同然だったにちがいない。

男とは、玄人すぎると馬鹿にされたと思い、素人くさいと野暮に見る。そのほどよい中間が、おきぬだったのだ。

——さて、どうする。

三十郎なりに、悩んだ。

徳松の想い人が、みずからやって来たのである。となれば、徳松に気があるからか。それともサヨウナラを言うために、わざわざ出向いたのか。

まちがってても恋の橋渡し役は、三十郎の任ではない。といって徳松に諦めろと言う役も、ねがい下げだった。

それだけでないのは、おきぬの亭主となった次郎吉が訴えると、ことは尋常ではなくなってしまう。

次郎吉が大人の漢であると、三十郎は王子村で見ていた。しかし、女房のおきぬが不貞を働いたとなれば、話はちがってくるだろう。

離縁を言いだすか、といって徳松の実家に押し掛けて強請るとは思えない。しかし、なんらかの制裁を加えようとするのではないか。

太物問屋の池田屋の身代が傾ぐほどの悪評をばらまきはしなかろうが、世間の大半は次郎吉の側に付くのはまちがいなかった。

「王子村へ行き、このおれが穏便にしてほしいと言えたなら……」

思わずつぶやいてしまった眼前に、おきぬがいた。

「あのぅ。糠袋、いただけますか」

声柄が甘く、三十郎の耳をくすぐった。

「ぬか、糠よろこびである」

キョトンとされた女に、玄人の匂いはなかった。

三十郎は自分もまた、おきぬに魅了される男だと気づいた。

糠袋をわし摑みし、お代は要らないと投げるようにあげてしまった。

——今日のところは放っておくほかあるまい。

いい考えを思いつかないときは、下手(へた)に打って出るべきではなかろうと、三十郎は静観を決め込むことにした。

四

なぜだと、徳松は訝(いぶか)った。

番頭の善六に言いくるめられ、気づけば座敷牢である。

——あたしは、一文も使っちゃいないのに。

徳松が入れられるとすぐ、出入りの大工が三人もやってきて太い格子(こうし)が組まれた。

去年、土蔵に押し込められたのとは、明らかにちがった。ここで糞尿をばらまけば、かえって自分が嫌な目を見ることになるのだ。

大声を上げても、外に届くとは思えない。気がふれた者の扱い同様で、人を人として見てもらえなくなっていた。

――池田屋の者すべてがあたしを厄介者と決めつけ、生涯ここから出さないつもりか。

怖くなったのは言うまでもない。もっとも、牢格子の向こうに女中がすわっているので、独りきりの感じはなかった。

「おそで。甘い物が食べたいんだけど、持ってきてくれるかい」

女中はうなずくと、声を上げた。

「おきみさぁん。交替してぇ」

毎度のことだが、いっときでも見張りが席を離れることはなかった。女中にしても雑用に追われずに済むと、見張り役は人気となっているようだ。

徳松の大小の用足しは、部屋の隅に切ってあった半畳の穴で済ませるようになっていた。

「こんなところに、どうして穴があるんだ」

「先代の大旦那さまが、茶湯(ちゃのゆ)のお稽古に炉(ろ)を切っていた跡だそうです。若旦那、臭(にお)いがあまりしないでしょう」

「それでか、中に灰が入っているのは」

灰に用を足すと臭いが失せ、あと片づけも簡単だった。茶室もどきが座敷牢になるとは、誰も考えないだろう。

出てゆくこと以外、ほぼ要求は通った。内湯に入るときだけ、番頭たち男が見張ってきた。

が、陽射し一条さえ入ってこないのは、あまりに辛かった。昼と夜が分からなくなるときがあると思うものの、按摩の笛が届いて夜だと知れた。

一日中、灯りが点ったまま。格子の内側で動くのは、この火だけだった。

やがて小さな炎が、おきぬに見えてきた。

錯覚にちがいない。幻というものだと、徳松は目をこすった。

「徳さん」

耳に、幻聴が聞こえる。

――とうとう、気がふれたか……。

頭をふった。が、外から女の手が格子を摑むのが見えて、徳松は縋り寄った。

「おきぬっ」

「ちがいますよ、若旦那。あたしは、おゆみじゃありませんか。いやですねぇ、名を忘れるなんて」

　徳松付きの奥女中として、数年前まで池田屋に奉公していたおゆみが、気遣わしげな目を向けつつ笑っていた。

「どうして、おまえが」

「昔の奉公先にご挨拶にと思って来たら、観音さまが見えて、お参りしている内に面白いものが増えていて、遅くなってしまったんです」

「もう、なん刻(どき)になるんだ？」

「七ツ刻です。それすら分からないんですね」

　涙ぐんだおゆみは、袖(そで)を目にあてた。

「家の者から聞いたろう。馬鹿な伜(せがれ)が、閉じ込められていると」

「馬鹿なんかじゃありません。あたしがお育てしたんですっ」

「それにしても、よく来てくれたね。嬉しいよ。嫁いで、どれくらい経(た)つ」

「足掛け七年です。小さいのも四人できました。今日はうちの人のおっ母(か)さんが、見ててくれています」

「幸せか」

「まぁ人並み、ってところでしょうかしら」

嫁いだ先は代々つづく鍛冶屋で、家の中は年がら年中トンテンカンと喧ましい。伝法だが、亭主は優しくしてくれると照れた。

「おゆみは、少しも変わらないね」

「もう二十七ですよ。四人の子持ちの大々年増ですもの、色気のいの字も消えてしまいました」

笑いようが、おきぬを彷彿とさせる。嬉しいような悲しい気分は、徳松の胸の内を熱くさせてきた。

ここを出たい。が、見張りの女中は動こうともしなかった。

徳松は矢立から筆を出すと、差し入れられてある本の背に走り書きをした。

〝阿部川町紅梅長屋　おきぬが来たら　徳松は実家にいると伝えよ〟

たったこれだけを書くために、見張りの眼を逸らせるのが大変だった。

黙って書いたものを見せる。おゆみは合点承知とうなずいた。心強い味方ができたと、徳松は淋しい笑みをうかべた。

「若旦那、気丈でいて下さいまし。今にきっと、いいことがやって来ますからね」

安心をしてと、おゆみは胸を叩いて徳松の目を見込むと、出て行った。

　蜂山市之丞は王子村から、浅草阿部川町へ足を運んだ。

　銭の亡者とは思ってもいないが、紅三十郎がもたらせた話を、銭になると踏んでいた。

　仕掛けたとおりに事が運べば、礼金は市之丞の懐を潤す。加えて材木町の池田屋と懇意になることが、この先の豊かさにつながるのだ。

　市之丞は狸の皮算用をして、一膳めしとある居酒屋の暖簾をくぐった。

「親仁、灘の下り酒をもらおう」

「いらっしゃいまし。生憎ながら、灘のものは入っておりません。代わりに、伏見の上酒がございます」

「伏見か、仕方あるまい。それに肴の良さげなのを見繕って、熱いのを」

「はいはい。少々お待ちをねがいます」

　房のある十手をこれ見よがしに差していれば、居酒屋の主人など這いつくばっても不思議はない。

　が、長居しては嫌われる。町方役人は煽てられると図に乗ってしまうとは、与力を務め上げた親父から聞いていた。

「市之丞。町人を舐めるでないぞ」

口癖のように、聞かされた。まちがってはいないのだが、親父は町人をあまりに遠ざけすぎてしまった。

大店と懇意になれず、俸禄だけで終わり、市之丞にあとを託したのである。

「吝山の渾名が、どれほどおれを辱めているか、親父は知ろうともしない。いい気なものだ……」

愚痴を突いたところへ、上酒と肴が運ばれてきた。

おかめ顔の女が、酌をする。

愛嬌たっぷりと言いたいところだが、不細工な面は酒を不味くしそうで、手酌でやると追い返した。

小松菜のおひたしに貝の佃煮は並だが、海苔だけは上等だった。

一膳めし屋の居酒屋では、こんなところ。それでも想い描く皮算用が、酒を美味く飲ませてくれた。

二合徳利をふたつ、暮六ツまでに空けると、上機嫌で阿部川町の紅梅長屋へ向かった。

「酔った、かな」

市之丞が見上げた長屋は、少しばかり傾いていた。目はまわっていない、とすれば体そのものが斜めになったかと真っすぐに立ってみた。

「おかしい」

長屋口の厠には、屋根もなかった。

九尺二間の裏長屋ではあるが、汚なくは見えない。各家の障子戸からは、中の灯りがうかがえる。

それとなく人の動く気配も察しられ、人の住んでいる様子が知れてきた。にもかかわらず、全体が傾いで見えた。

気味がわるくなってきた市之丞は井戸端に腰をおろし、汲んである水をひと口ちょうだいした。

「酔いざめの水が、先刻の居酒屋で引っかけた酒より美味いではないか。けしからん一膳めし屋である……」

三朱もの勘定を取りやがったと、腹を立てた。

やはり懐を潤沢にして、二階座敷をもつ料理屋で飲む身分にならねばと、しゃっくりを一つした。

カタリと音が立ち、一軒から夫婦者が出てきたので、市之丞は身を潜めた。

「今日中になんとかしておくれってば、おまえさん」

「そうは言っても、暗い中じゃできねえぜ。明日いちばんでやるが、取りあえずってことで」

屋根がないと思えた厠の前で、亭主のほうが板きれなどを見てまわっている。

安普請の厠は、崩落してしまったようだった。となると、亭主は大工なのだろう。

「いってぇ誰がこんな真似、しやがった。子どもか、それとも当節流行りの志士って野郎かな」

「志士かもしれないね。獅子は、暴れるもの」

「ほんとだ。昨日だか京だか知らねえけど、御城の将軍さまに楯つくとは太ぇ輩だ」

夫婦者は家に戻った。

裏長屋の住人など無知に決まっていると思っていたが、勤王の志士を知っていたことに少なからずおどろいた。

この裏長屋に池田屋の放蕩息子が暮らしていると、先輩与力の紅三十郎に聞かされたのは三日前である。

浅草阿部川町の紅梅長屋に住む若い男が、人の女房と懇ろになり、ひと騒ぎ起きそうだ。男の親は材木町の池田屋という太物問屋、女のほうは王子村の植木屋に身受けされた吉原の遊女……。

三十郎は男と女ふたりの容貌まで細かに教え、ひとつ骨を折ってほしいと言ってきた。

与力見習の身である市之丞は、市中を見歩いているだけだった。なにごとも、まずは江戸の町なかを知れというのだ。

そこにもたらされた儲け話が、新参の役人を豹変させたのである。

「南町へ、礼金が届くのだ」

先輩与力の囁きは、市之丞の独り手柄にすり変わった。

渦中の男女、その一方は座敷牢に止め置かれている。残る片割れを巧みに料理すれば、池田屋から礼が……。

――いや、月々お手当と称する小判を、終生いただくことにしよう。そのために、女は尼寺へ。

送り込みたいのだが、肝心の片割れの行方は分からないままとなっていた。

王子村の植木屋の雇われ婆さんに亭主を焚きつけさせてはいるが、あてにしすぎてはいけないと承知していた。

男の暮らしていた長屋に女があらわれるかと来たものの、市之丞にはなすすべがなかった。

――馬鹿らしい。風邪をひくではないか。

踵を返そうとしたとき、長屋口に向かってくる駒下駄の音が聞こえた。

提灯を手にあらわれたのは、丸髷の女。薄暗い中で分かりづらいが、小づくりの顔に目鼻だちがくっきりとした若女房である。

――おきぬ。

市之丞は井戸端に這いつくばり、女の行く先を目で追った。

いちばん奥に女が入ろうとしたところ、隣家の女房が出てきた。

話を交しているが、市之丞には聞こえない。女がすぐに中へ入ると、入れ替わるように中年男が外を見込んで、誰もいないのを確かめた。

――まちがいない。おきぬが徳松を訪ねてやってきたのだ。

飛んで火に入る夏の虫。が、踏み込むなり出てきたところを捕えるわけに行かないのは、亭主の植木屋が訴え出ていないからである。

とはいえ、市之丞は千載一遇の機会を、逃したくなかった。

亭主に訴えられたと知れば、おきぬは姿を隠してしまうだろう。そうなっては、どうしようもない。

目の下にある黒子を触わるのは、市之丞が切羽詰まったときの癖だった。

──尼にして追い払えば済む。そのために……。

考えても名案は浮かばず、ジリジリしてくるのが苦しかった。

カタカタ。ガラリ。

長屋口に近い一軒から下駄の音がして、戸が開いた。人が出るのが見えたが、提灯も手にしていなかった。

高下駄を履いた男で、按摩である。市之丞の存在に気づいたのか、耳を向けてきた。

──按摩、騒ぐでないぞっ。

胸の内で叫んだ。

念なるものが通じたものか、按摩は杖をつき出て行った。大通りの灯りに、剃った頭が光って見えた。

「あれだ」

市之丞は声を上げそうになって、自分の口を押えた。

追い出されてから尼になるのではなく、尼にしてしまえば世を棄てるのではないか。後先を逆にと、按摩の頭を見て思いついた。

——おきぬが出たところを見計い、丸髷の元結を切ってやる。

出て来いと、市之丞は待つほかなくなっていた。

思えば叶うもの。おきぬが出てきたので、市之丞は脇差の鯉口を切った。

女は一人だった。提灯を手にしている。井戸端を通りすぎるのを待って、市之丞は立ち上がりながら、脇差を抜いた。

音を立てず素早く背後にまわり込むと、髻を狙い、脇差を走らせた。

スッ。

ハラリと女の髻が、地を這って転がった。

「あ、あっ」

女の小さな悲鳴を聞かず、市之丞は逃げた。

「つっ、辻斬り。辻斬りですよぉ～」

犬の遠吠えのように聞こえた市之丞は、口元を弛めながら走った。

四　死んで花実が咲くものか

一

亀の湯で晩めしの膳に一杯つけてもらったことで、三十郎は心地よく紅梅長屋へ帰ってきた。

「遅いじゃありませんか、大家さんっ」

「どうしたんだ、おやえさん。なにかあったか、長屋に」

「あったもなにも辻斬りが、この長屋で」

「誰が殺られたっ。医者は、番屋へは届けたか」

「いいえ。切られたのは丸髷、徳松さんのご実家にいらした女中さんです」

詳しいことは中でと、おやえは三十郎を家の中に迎えた。

狭いところに、幸次郎夫婦と女が二人。敷居ごしにあつまっていた長屋の連中は、大家が戻ってきたのを見て各々の家に入っていった。

おやえが行灯の芯を切ると家の中に明るさが増し、女の一人がザンバラ髪なのが見て取れた。

「けがは、なくてか」

「お蔭さまで、なんとも。でも、ご覧のとおりのありさま、しばらくは、外に出られません」

「亀の湯の従兄に、猿若町の床山がいる。その者に、鬘を作らせるとよかろう」

「まぁ猿若町の、ということは本物そっくりによ」

おやえは髪を両肩へ垂らす女に、よかったじゃないのと微笑んだ。

三十郎は外を歩けないと言った女と、隣にすわる女がよく似ているので、姉妹かと問い掛けた。

「まったく。今日はじめて、お会いした方です」

「徳松の実家に奉公しておったと聞いたが、やつはまだ戻っておらぬのか」

「ええ。来られるはずは、ありませんよ。徳さんは池田屋さんの座敷牢だそうです。ねっ、おゆみさん」

「おゆみと申すのか。ひとつ訊くが、髷を斬った者は浪人者か」

「突然だったので、腰を抜かしそうになりました。でも、走り去った太めの後ろ姿は、立派なお侍に見えました」

「ときに聞く話だが、大名が銘刀を手に入れると斬れ味を試したくなるものらしい。しかし、髷というのが分からんな……」

「袈裟がけにしたつもりだったものの、斬り損なったんじゃありませんかね」

幸次郎が口を挟んだが、三十郎は首を横にした。

「ヘボ侍でも、そうはならぬ。どれ、落とされたものを見せてみろ」

女の差し出す髷を見て、きれいに元結が断たれているのが分かった。

「斬りつけたのではなかろうな。丸髷を切られたのだ。そなた、男に恨まれるような覚えはないか」

「ぜんぜん……」

目を丸くし、この浅草へ来たのも久しぶりだと首を傾げた。そして今日ここまでのことを、語りだした。

浅草を見てまわり、かつての奉公先である池田屋を訪ねたところ、若旦那の徳松が座敷牢に閉じ込められていた。理由は、身売けされた女に焦がれ、不義密通となりかねないのでとのことだった。

「徳松の女とは、吉原に出ていた朝衣か」

三十郎は今ひとりの女を見込み、

「おまえが、おきぬか。王子村の植木屋次郎吉の、女房――」

「はい」

上げた顔をよく見れば、小づくりな顔で目鼻だちがくっきりし、色が少し黒いのは、徳松が教えてくれたとおりである。

「なにゆえに、この長屋へ」

「若旦那に、ひと目お逢いしたくて」

「逢って、どう致す」

「分からなくなりました。ここへ来たら……」

はじめは諦めてくださいと言うつもりで、来たとたん日陰の身でもいいとなり、今はなにがなんだか自分というものまで分からなくなったと、涙をうかべた。

男女の機微に疎いどころか無知としか言えない三十郎には、難題どころか不可解きわまることで、頭を掻くばかりとなった。

代わりに答を出したのは、髷を落とされたおゆみだ。

「言い忘れましたが、あたしは若旦那のお使いとしてこのお長屋に来たんです。

おきぬさんがここへ来たら、実家に閉じ込められていると伝えてくれって。ということは、一緒になりたいって思ってるからでしょ。なにもかも投げ棄てて、妾(めかけ)にでもと考えているようです。徳さんの心もちは、あたしが誰よりも分かってると、さっきからこの人に言ってるんです」

そんな簡単なものではないと、おやえが言い返した。

「落籍(ひか)された身ってことは人の女房、つまりご亭主がいるの。好いた同士で勝手には、できませんよ」

かつて品川の女郎屋で働いていたおやえのことばにも、説得する力があった。

三十郎は幸次郎を見て、どっちに加担するかと目で問い掛けた。もちろん、幸次郎が首を傾げたのはいうまでもない。が、三十郎に思い至ることがあった。

「確か徳松は、先月までこの長屋にいた玉之介(たまのすけ)の気持ちはどうかと、おれに訊いてきた。この男は、女房を持っていかれた亭主であったが……」

おきぬの亭主となった植木職人の話もすると、おゆみはどんな男かと三十郎に顔を向けてきた。

「次郎吉と申す親方で、四十になるしっかりとした男だ。人柄は太鼓判、手荒いこともしない。そうだな、おきぬ」

うなずいたものの、おきぬは声をしのんで泣きはじめた。

亭主が好人物だとなれば、居あわせた四人は慰めのことばも出せず、ため息を殺しながらうつむくしかなかった。

「話を元結切りに戻したいが、暮六ツすぎのことであったということは、人ちがいをされたのかもしれぬ」

「そうだよ。おきぬさんとおゆみさんは、似てますからねっ」

おやえの亭主幸次郎は、小膝を叩いて声を上げた。

「大家さんが姉妹かと仰言ったとき、あっしもそういえばそうだなって思いました」

「確かに、それなれば辻褄は合う。おゆみは池田屋を出て、ここへ来た。その後を尾けた者が、おきぬと思い込んで――」

「でも、あたしが池田屋さんを出たときはまだ明るかったし、尾けられていたなら分かったと思います」

「恋焦がれた女は、男の実家は見たくなるものだわ。おきぬさん、材木町へ行った？」

おやえに問われ、おきぬは毅然とした調子で口を開いた。

「行けませんでした。ご迷惑が、掛かります」

人を手に掛けたのではなく、髷を落としたにすぎない出来ごとはいたずらだったかと、三十郎は酔いがすっかり醒めてしまった自分に気づいた。

「大家さん。猿若町の床山さんのこと、よろしくおねがいしますね。明日、また来ます」

切られた髪をふりながら、おゆみは笑い掛けてきた。

――長屋の大家など、厄介ごとばかり。子や孫に、させるものじゃねえな。

おやすみの挨拶をして、誰もいない家に入った。


翌朝早く、姉さん被りをしたおゆみが顔を出したのにおどろいた。

「これから湯屋へ行き、朝めしを摂るのだ。女づれで出仕（しゅっし）など、笑われる」

「出仕というのは、お役人さまでしょ？　ただの侍大家さんが奉公先へ行くのは、通いと言います」

「無礼者、この俺をなんと見る。前（さき）の奉行、遠山左衛門尉（さえもんのじょう）さまご寵愛（ちょうあい）の与力なるぞ。えぇい、頭（ず）が高い」

「それ知ってます。町場の辻（つじ）講釈でやる水戸黄門、印籠（いんろう）を出して見得（みえ）を切るの。

大家さんも、お好きなんですね」

三十郎は影目付である。南町与力だと言っても、問い合わせれば左様な者はいないとされる立場だ。

ここも辛抱と、唇をかむしかなかった。

「猿若町の床山さんに来ていただかないと、困るんです。昨日の晩、うちの人に笑われました。尼寺へ入るのかって」

「そうですと答えたらよかろう。至らぬばかりの女房でございましたゆえ、本日をもってと」

軽口のつもりで言ったが、真顔を返された。

「亭主は喜ぶかもしれませんけど、子どもたちがね。今朝は夜明け前に起きて、このとおり姉さん被りしてきました。なんでしたら大家さんとこの掃除、しましょうか」

「ありがたい。なれば拭き掃除から障子の張り替え、蒲団を干して、長屋の見まわりをねがおう。それまでに、床山を呼んでおく」

「では、二朱ということで」

「なにが」

「今どき女中を雇うのに、ただはありません。安いものじゃありませんか」

「ふざけたことを申すな。誰が二朱も――」

三十郎が口をへの字に曲げると、おゆみはふり返って外に向かった。

「お長屋のみなさぁん、大家さんがあたしを手ごめにしようとしてますって、叫んでみます」

「止せ。冗談にも、ほどがある。分かったゆえ、一朱にいたせ」

おゆみは笑ってうなずくと、箒を手に働きはじめた。

着替えて出た三十郎は、向かいの徳松の家でこちらも掃除をはじめているおきぬと目が合った。

長い廓暮らしではなかったらしいが、健気に箒を取る手が可憐しく、三十郎はすぐに目を離した。

――銭を拝み奉るばかりの世の中で、この女、見上げたものかもしれぬ……。

嬉しいようであり、切ない気にもさせられる姿は、手助けができないだけに遣る瀬なくなった。

長屋口を出たところで、厠の屋根がないことに目を剝いた。

「――。大風で、飛んだのか？」

「まぁそんなところです」

住人の弥吉が臭いと言いながら、金槌をふるっていた。

ごく近い同じ町内にある湯屋へ行くまで、納豆売りや蜆売りの小僧とすれちがう。人足として仕事場へ向かう男や、安物の櫛を売り歩く女も見た。

みな働く者だが、誰にも人知れぬ悩みはあるにちがいない。

大家となる前までの三十郎には、見えるものだけがすべてだった。でも、ちがうようだ。

蜆売りの小僧が武家の若妻に懸想しているかもしれないし、商家の女房が呉服屋の手代とできていたっていい。

が、湯屋の番台与力に、岡惚れしてくる女はいなかった。

「おはようございい」

亀の湯に入った三十郎は、市村座の床山伊八が挨拶をしてきたことに、おのが目を疑った。

「鼬野郎、なにを嗅ぎつけたか。よろしくない臭いには、勘が働くようだな」

「相も変わらず、口がわるうござんすね。鼬じゃなく、伊八。そろそろ同心の小銀杏も飽きる頃だと、参上いたしました」

「ありがたい。朝だが、芝居のほうはいいのか？」

「演目替わりの休日でして、あっしら裏方も休みです。だからというわけじゃありませんが、鬘はいろいろ持って来ました」

五十を幾つか過ぎた伊八は、細身ながら大きな葛籠を担いできたと、中を開けて見せた。

「まず石川五右衛門のこれ、お奨めなんです。威厳たっぷりで、お役人も腰が引ける」

「与力の俺を、大泥棒にする気か。ちなみに丸髷、女ものはないか」

「げっ。紅の旦那、女形になりますので？」

「俺にその気は、ない。実は、元結を切られた町家女房がおって——」

「いい女と見たものの、人の女房には手を出しづらく、思わず丸髷を切ったんですな。ひでぇ与力だ、世も末でござんすねぇ」

「切ったのは、俺じゃない」

「となると、髢屋に売ろうって奴だ。たっぷりした女のものは、髢という添え髪に使えますからね」

「なんでもよいゆえ、丸髷を持って参れ」

「大きさは」

伊八は三十郎の頭の鉢を、分かっている。しかし、他の者になると計らない限り、頭に合わなくなるものだと笑われてしまった。

「なれば今から紅梅長屋へ行き、姉さん被りの女の鉢を計って参りその後に鬘を」

「承知しましたが、紅さまの頭はどうしましょう。寺の住職ってぇのも、阿部川町らしいようで」

「考えておく」

俺を人形かなにかと考えていると、ムッとした顔で伊八を追い出した。

「やはり、柄にお似あいの髷をお好みのようですな、番頭さん」

湯屋の主人吉兵衛が笑ってくるのを、三十郎は咎めた。

「与力たる者が、同心ごときの結う髷を喜ぶわけもあるまい。それになんだ拙者を、番頭とは」

「では、手代と呼びますか」

「無礼者め。いかに世をしのぶ仮の姿とはいえ、商家の奉公人扱いは赦しがたい」

「そうでございましたな、金四郎さん」

「ん。遠山さまの若かりしころの、通り名……」

「よろしゅうございましょう？　金さん、あるいは金の字、金公、金ちゃん」

「金公と呼び捨てはなんだが、わるくない」

「なれば番台の金さん、ここで黒羽織はいただけませんです。従兄の伊八が持参した葛籠の中に、衣裳がございますのでお着替えを」

「うむ。客の少ない内に」

番台を降りて奥の居間へ行こうとしたところへ、客が入ってきた。

小汚ない婆さんで、常連の客ではなかった。

「いらっしゃい。湯銭は、八文だ」

「湯に入ろうと来たんじゃありません。同心の旦那がここにいると聞いて、やって来たんです」

「おれだ。困りごとがと申すなら、奉行所へ参れ。ここは、湯屋である」

「知ってます。うかがいたいことがありまして、王子村より」

「王子村――」

三十郎は偶然だろうかと、真顔を返した。

「おや。同心の旦那も、お仲間でしたか」

「仲間とは、なんである」

真顔の三十郎を、年寄りは上目づかいで見返してきた。

「南町与力と聞いたんですけど、蜂山さまと仰言るお人はいらっしゃいますかしら」

「おるよ」

「小太りで目の下に黒子のある方」

「まちがいないが、おまえは何者だ。銭でも貸して、催促に参ったか」

銭と聞いた老婆は眉をひそめながら、小刻みに首をふった。

「やっぱりね、銭に汚なそうだとは思ったのよ。約束も、あてにならないね……」

「約束を交した相手が蜂山、どのか」

思わず呼び捨ててしまいそうになった三十郎は、啖がからんだように咳払いして見せた。

「どうしたらいいのかしらねぇ。相手が与力さまじゃ訴えても、知らぬ存ぜぬだわよ」

「拙者が仲に立ち、話をつけてもよいが」

「同心さんじゃねぇ」

「いや。拙者の上司は、蜂山どのではない。どうだ、詳しく話してみぬか」

老婆を男湯の片隅へ連れ込むと、男客たちは顔をしかめて遠ざかった。

金壺眼で額の禿げ上がった婆さんだが、いわゆる無筆文盲の類ではないのが口ぶりで知れてきた。

視線がぶれることのないばかりか、臆する素ぶりもないのだ。

かつて武州の秩父で代官手代をしていた三十郎には、はじめて目にする類の婆さんだった。

「そなた王子村よりと申したが、生業、いや亭主なり伜はなにをいたしておる」

「子もなけりゃ亭主もいませんで、植木屋で賄いをしていますよ」

「植木屋――」

「あら、お知りあいでも」

「いやその、隣の飛鳥山の桜をよく観に参るので、それを手入れする職人かと思った」

「桜は昔からお江戸のほうの職人さん方が一手に引き受けているそうで、あたしのところは街道沿いの地主さんや脇本陣なんかをお得意にやってます」

「王子あたりは、植木屋が多かろう」

「うちだけで、ほかには一軒もありませんね」

三十郎は思わず次郎吉のところかと、言いそうになって唇をかんだ。

少し前、徳松を伴って次郎吉の家へ行っている三十郎だが、賄いの婆さんは出てこなかった。

あまりの偶然に、膝がふるえそうになったほどである。

そして何より、与力見習の蜂山市之丞が登場してきたことが、徳松おきぬ二人の厄介ごとを急転直下させるのではと、期待した。

――焦りは禁物……。

自らに言い聞かせると、三十郎は老婆に顔を寄せた。

なんとなく臭く思えたのは、土臭かったのではなく、湯に入っていないそれである。

「ここへ参ったのも縁であろう。どうだ、江戸の湯に入ってみぬか」

「よろしいので、ございますかしら」

「着替え、というほどの物ではないが、女ものの浴衣に安い羽織もある。銭は頂戴せぬゆえ、サッパリして参るがよかろう」

三十郎の奨めに、一も二もなく笑った老婆の前歯は欠けていた。

二

四半刻ほど入って出てきた婆さんだったが、少しも変わるところはなかった。汚なく見えたのは着ている物ではなく、生い立ちからくる人柄に難点が感じられたからのようだ。臭いのが改善しなかったのも、黄ばんだ歯ゆえらしい。

ひしゃげた短い鼻が赤らんで見え、三十郎は酒を一本つけることにした。どうやら酒の力を借りて、江戸まで押し掛けてきたようである。が、奉行所の敷居は高く、ここへ来たと思えた。

「今、奥へ一本つけるよう申すから、ゆっくり話をして参るとよい。おぉい、二合だ」

「一本って、御酒でございますか」

「うむ。午まえであるが、酔いなどすぐ冷める。王子村へ帰るまで随分と刻はあろう」

満面の笑み、といっても小汚ない婆さんのそれは、醜悪なだけだった。

亀の湯の女中が、怪訝な顔をして酒肴を運んできた。

どんなに洗っても垢の落ちない汚な婆ぁと、番台さんはどんな間柄なのかしら。まさか親戚とかじゃないわよねとの目で、問い掛けられた。

三十郎はニヤリと笑い返してやった。

「まずは一杯、植木屋のおっ母さん」

盃を取らせると、老婆は押し戴くようにして三十郎の酌を受けた。

肴に油揚げの炙ったのと、糠漬けの香の物、丸干しの鰯が各々皿に載っていた。どれもが好物なのか、それともなんでもいいのか、小さな手でもつ箸が忙しなく動きはじめた。

ほどよいところと見て、三十郎は口を開いた。

「婆さんとか、おっ母さんと呼ぶのも心もとない。名をなんと申す」

「ふで、と申しますですよ」

「おふでさんか、幾つになる」

「嫌ですね、女に年を聞くなんて。もう忘れてしまいました」

手をふりながらも、盃を重ねつづける。

三十郎はもう一本お代わりと言って、おふでを喜ばせた。

「ところでだ、与力の蜂山どのとは、どのような約束を」

「内緒にって、言われてます」

女の懐は甘くなかった。銭の貸し借りが伴っているのなら、口は堅くなる。肚を据えてかからなくてはと、三十郎は番台役を主人に頼んで胡坐をかいた。

「それにしても、おふでさんには学があると見たが、生まれは」

「忘れちまいましたと言いたいところですけど、江戸の外れ四ツ谷です。と言っても、貧乏人ばかりの鮫ケ橋。ご存知でしょ」

四ツ谷鮫ケ橋は、江戸市中でも指折りの貧民窟である。そこに生まれ育った者の苦労は推して知るべしで、多くが悪になると言われていた。

「行ったことはないが、路地に迷い込んでしまうと身包みを剝がれるところと聞く」

「お銭のある人は、それで済みますけどね。なにもなきゃ、猪肉として切り刻まれて売られます」

「――――」

「おほほ。嘘ですよ、そんなわけありませんってば」

少しずつ口が軽くなっているようで、三十郎は盃を湯呑に替えた。

おふでは丸干しの鰯を平らげると、片頬で笑いだした。

「こんな鰯を買ってね、干していたのよ。売るために、亭主が博打で小伝馬町の牢に入ってた頃……」

昔話になるのは、酩酊しつつあるからだ。三十郎は興味ぶかげな相槌を打ちつつ、湯呑に酒をなみなみと注いでやった。

「他所より安いのは、すぐに評判になりました。客も増えます。これなら当分って思ったとき、鮫ケ橋の丸干だって噂が広まって、石をぶつけられたの」

分かるでしょと、おふでは額の傷あとを見せ切なげな笑いを見せた。

汚ない臭いの貧民窟で作ったものなどと、謂れなき中傷を跳ね返す力が、若い女にあろうはずもなかった。

弱り目に祟り目で、亭主は遠島。おふでは、岡場所に身を沈めた。

「ところが、このご面相じゃね」

笑うと、湯呑を干した。

転がる石は止まることを知らず、おふでは賭場の賄い、溝浚え、夜鷹と、食べられることとならなんでもやったという。

「お涙ちょうだいの嘘八百とは思えぬ。信じるよ、おふでさん」

「同じ台詞を、植木屋の次郎吉さんが言ってくれました。情に厚い、人の好いお方よ。昔のことは忘れろって、あたしを雇ってくれたの」

「蜂山どのは――」

「とんでもない銭の亡者で、人を人として見ない役人だと、あたしには分かる。これでも悪人を見る目は、確かだわ」

「それがなにゆえ、約束なんぞを交した」

「銭をふんだくれそうな役人ってこともあったけど、善人の塊のような次郎吉さんを裏切ろうとする女が、赦せなかった」

言い切ると、吃逆をした。随分と呑んだのである。

見受けされ女房に直ったおきぬの不貞を、亭主に訴えさせろと蜂山市之丞が水を向けてきたのだという。

その駄賃が五両だが、こればかりは取り損なってはと江戸まで来たようだった。

――蜂山の野郎。手柄を独り占めして、おのれの懐を肥やそうとの算段か……。

「しかし、善人の植木屋なれば、訴えを出さぬ気がする」

「そうなのよ。いくら責っ付いても、おきぬの好きなようにさせてやるのだと、暖簾に腕押し、糠に釘……」

小鉢にある糠漬けを取ると、笑いこけた。

「で、おふでさん、これからどうするつもりだ」

「奉行所行って、蜂山って与力に五両はまちがいないだろうねと、大声で叫んでやるっ」

「酔った勢いでなら言えようが、奉行所は相手にしてくれぬぞ。といって、素面で乗り込めるかな」

「あるっ。言ってやるよ畜生……」

膳の脇に倒れ込んで、そのまま鼾をかいた。

寝かしておいてやれと言い、三十郎はふたたび番台の人となった。

ひとりの放蕩息子が、女を忘れられずに恋焦がれた。たったそれだけのことが、大きな波紋を広げてしまったようだ。

とんでもない店子を抱えたものと、紅梅長屋の侍大家は番台に重ねてあった下足札を、ガチャガチャと鳴らした。

南町の蜂山市之丞は、夕暮どきの頃あいを見計らって、浅草材木町の池田屋の裏木戸に立った。

女中が町方与力と見たことで、番頭の善六を呼びに行く。すぐに番頭はあらわれ、市之丞を裏庭の片隅に招いた。

「番頭。おきぬは、髪を下ろしたぞ」

「えぇっ。となりますと、亭主の植木屋は訴え出なかったことに」

「いかにも。女は身を恥じ、みずから尼になると決意したのだ。当家の倅は、ガッカリ致そうが」

「座敷牢から出られるのなら、萬々歳でございます。これで若旦那も、熱が冷めるでありましょう」

手を揉みながら、番頭は相好を崩した。そこへ浅草寺の暮六ツの鐘が、ゴン。

「ほぅ鐘が鳴る。かねだ」

「忘れてはおりません。蜂山さま、少々お待ちを」

いかほどの礼金がもたらされるか分からない。というより、いくらでもよいのだ。市之丞にとって大事なのは、池田屋と昵懇になることだった。

「魚心あれば水心でござろう。南町与力、この蜂山が尽力いたす。瑣末なことでも申してくれれば、悪いようにはせぬ」

主人と番頭がいるところで、固い約束を交したい。袖の下などという不正をせず、親戚同様のお付きあいをねがうだけである。

市之丞の言うべき台詞は、これに尽きた。

「蜂山さま……」

くぐもった番頭の声が手招きとともにあって、市之丞は母屋（おもや）の手水鉢（ちょうずばち）の脇へ向かった。

主人の太郎兵衛（たろべえ）が、頭を下げてきた。喜んでいるのだ。

――この蜂山の、働きぞ。

莞爾（かんじ）と笑って、胸を反らせた。

「この度はまことにもって、手前どもの放蕩者へ手を差し伸べていただきましたこと、御礼の申し上げようもございません」

四代もつづく大店（おおだな）の主人らしい鷹揚（おうよう）さと腰の低さが、市之丞に有頂天をもたらしそうになり、強面（こわもて）をつくるべく唇をかんだ。

横あいから善六が、市之丞の袂（たもと）へ重たいものを落としてきた。

切り餅と呼ぶ二十五枚の小判であることは、触らずとも分かった。が、口元を弛（ゆる）めるわけには行かなかった。

すると、もう一方の袂にも切り餅が入ってきたのである。

「右と左が同じ目方なれば、お着物も乱れずに済むものでございましょう」

太郎兵衛が、言い添えた。

都合、五十両。町方与力それも見習の市之丞には、放外な額だ。

俗に八丁堀の与力は蔵が建つほどの実入りがあると言われているが、大嘘だった。

俸禄はそれなりでも、袖の下など受け取っては奉行所の威信にかかわるばかりか、それで罷免(ひめん)された役人が大勢いた。

喉から手が出るほどの五十両だが、市之丞は袂をさぐって顔をしかめた。

「かような賄賂(まいない)は、迷惑至極。南町の蜂山は、幕臣にござる」

「申しわけございません。今ふたつ上乗せを」

番頭の善六が言うのを聞いて、声を厳しく言い返した。

「なにを申す。一両、いや一文たりとも受け取るわけにはゆかぬ。拙者は当家のため、というより将軍お膝元なる江戸に平穏をと、手を差し伸べたまで」

手にした五十両を、惜し気ありありに突っ返した市之丞は、丁半博打の気分になった。

丁と出れば、池田屋は礼だけ言って頭を下げる。しかし半なれば、モソモソと言い加えてくるだろう。

太郎兵衛は善六と目を合わせ、ひと呼吸おいてことばを吐いた。

「まことに申し上げにくき話となりますが、一度でも切り餅を出しましたのは、手前どもの科。これを蜂山さまに突かれますと、池田屋はお縄となりかねません」

「左様な告げ口もどきは、いたさぬゆえ安心せい」

「いいえ、それではこちらの気が済まぬことになります。いかがでございましょうか、座敷の奥へ……」

――来たっ。賽の目は、半。

市之丞は小躍りしそうになって、足に力を込めた。

三

見張りの女中が、座敷牢の錠前をガチャガチャさせ、出入口を開けたのにはおどろいた。

「あたしを、逃がしてくれるというのか」

徳松は半信半疑で、上目づかいで訊いた。

「若旦那、晴れて出られる身となりましたよ。もう、どこへでも行けます」

「ほんとうかい。いいんだね」

飛び立つ思いとはこのことで、あまりの嬉しさに出るとき頭をぶつけたほどである。

母屋の内湯が沸いてあり、心のわだかまりという垢を洗い落とすと、誂え物らしい唐桟が用意されてあった。

番頭の善六が顔を出し、お客さまに挨拶をと告げられた。

「どなただろうね、あたしを身受けしてくれたのは」

「洒落ちゃいけません。もっとも、苦界から救い出されたのなら、身受けというのも当たらずとも遠からじってやつだ」

善六に導かれつつ、母屋の客間に入った。

それなりの侍が、膳を前に赤い顔をしていた。

「あっ。いつぞや吾妻橋の上で――」

「徳松か、息災であってなにより」

横柄が衣をまとったような態度をされ、腹を立てた。

「立ったまま失礼ではないか。南町の蜂山さまが、おまえを救ってくださったのだぞ」

「旦那さま。これも身受けだと、若旦那が」

「ばかなことを言うでない、善六」

男三人は笑い、徳松ひとり憮然としたのは言うまでもなかった。

——あたしを牢に閉じ込めろと親父を焚きつけたのは、この侍か。

気づいたところで、徳松にはどうしようもなかった。が、訊ねたくなったのは、おきぬの今である。

蜂山市之丞は酒臭い息を吐きながら、徳松の心を先読みしてきた。

「そなたの惚れた女だが、髪を下ろして尼寺へ入るそうな。煩悩を捨てざるを得なんだのは、池田屋の倅を改心させんがため。健気な女であろう」

「尼に、おきぬが……」

立っていた徳松は、その場にへたり込んでしまった。尼寺へ入れば、生涯そこを出ることは叶わないのである。

あまりに一途な行為だが、植木屋の亭主と自分ふたりのあいだに挟まった女の心根の深さに、徳松はことばが出なかった。

「徳。女とは哀しいもの。とりわけ、おきぬという女はな、親のため身を売り苦界に沈み、落籍されたと喜んだとたん、おまえという邪魔者が心を乱してきた。

それをそれとも思わず、逢いたいなんぞと……」

親父の説教は、耳に入ってこない。与力の蜂山が笑っているのを、茫然と眺めていた。

「まことに旦那さまの、仰言るとおりですな。つかみかけた幸せが泡となって消えたのかもしれませんが、女郎だった者の行く末など知れたものです。やがて親戚じゅうの鼻つまみとなって捨てられるより、尼となって庵を編むのは良かったかも――」

「善六っ。言うに事欠いて」

徳松が熱り立つと、親父が制した。

「覆水盆に返らず。女は尼になるのだ。それもこれも徳、おまえの身から出た錆。それを蜂山さまが救ってくださったんじゃないか」

「まぁまぁ拙者のいたしたことは、人の道として当然なれば、救うなどとは大袈裟な」

与力は片頬で笑った。善六が追従笑いをし、お約束のことばを吐いた。

「旦那さま。これを機に蜂山さまには陰日向となっていただき、池田屋のあれこれをと考えてみましたが、如何でしょう」

「いいね。南町奉行所では、遠山さまが参与となられて色々と相談にのっていらっしゃると聞く。蜂山さまには、当家の参与ということをねがえるとよろしいのですが」

「新参の与力なれど、できる限りのことは致してみよう。お奉行の通達など、出される前に報せることとくらいなれば」

「これで決まりですな。蜂山家と池田屋が、縁を結ぶことになりました」

太郎兵衛の手にした徳利から、市之丞の盃へ酒が注がれた。


酔った勢いではなく、おふでは南町奉行所の門前に立った。

「いかがした婆さん。訴えごととなれば、それなりの手続をして参れ」

門番の邪険な物言いに、おふでは肚に力を込めて言い返した。

「訴えごとじゃありませんよ、こちらの与力さまに用がありましてね」

「言伝なら、取次いでやる。申せ」

「大事な用でして、蜂山さまへ王子村のと伝えてくださいましよ」

どこから見ても婆や下女の類でしかないとなれば、取次ぐ価値もないと門番はそっぽを向いた。

舐められたと、おふでは表門の敷居に足を掛けて叫んだ。

「与力の蜂山さま。お約束の五両は、いただけるんでしょうね」

役人への悪口雑言は、ときに奉行所にもある。しかし、はっきり五両と少なからぬ銭の高が出たことで、番方の同心があらわれた。

「これっ、婆さん。穏やかならざる物言いを、奉行所に向かって申してはならん」

「五両ですよ、五両。蜂山さまは下さると、約束してくれたんです。このあたしに」

奉行所に出入りする者や、門前を通りすぎる人が、なにごとかと足を止める。

おふでは蜂山の名と五両を、ふたたびくり返した。

口を押えようとする門番に、おふでは抗った。

「か弱い年寄りに、南町奉行所は乱暴を働くのかいっ。人でなしだ」

野次馬から声が上がり、番士は門番に放してやれと言った。そこへ当の蜂山市之丞が出てきた。

目を剥いた与力は、青ざめて見えた。

「久しぶりだね、蜂山の旦那さん。王子村の、雇われ女でございますよ」

「存じておる。かような門前ではなく、中に入れ」

「おや、よろしいんですか。それじゃ遠慮なく」

蜂山は大丈夫だと門番たちに言い置き、塀の片隅へおふでを誘った。

「ここへ参れと申したが、叫ぶとはな」

「だって、こちらの門番さんは、手続きがなんのと追い返そうとするんですもの」

「役所とは、そうしたところだ。が、婆さん。おまえの用は、もう済んだも同然でな」

「どういうことでしょう。あたし、植木屋の主に、三下り半を承知させようってしてますですよ」

「残念ながら、それが無用となったのだ。おきぬが、みずから髪を下ろしたのでな」

「えっ。ほんとうに」

「行く末を案じたものか、おのれを恥じてか。尼になる道を選んだのである。これはおまえに拙者よりの手間賃、受け取るがよい」

一朱銀が一枚、足元に放られた。

「…………」

「いかが致したのだ。有難く、頂戴するがよかろう」

「あの女郎あがり、おきぬが尼になるなんて信じない。嘘だ」

「嘘ではない。確かに髪を下ろしたのである。王子村へも、戻っておらぬであろう」

　おふでには信じられなかった。生まれ育った貧民窟や、女郎が群れをなす岡場所、あるいは官許の吉原の女であっても、尼になるなんて女は聞いたこともない。みずから命を絶つ女はいても、仏門に帰依しようなどと高尚な思いを抱くことが考えられなかった。

　髪を下ろして尼寺へ行く者とは、由緒正しい家に育って学のある女、もしくは将軍のような夫に嫁いだり側室となって仕えた女に限るのだ。
　十七、八の女郎あがりにはまったく無縁と思えるのが、尼寺であろう。
　なんとしてもこの目で見てやると、おふでは阿部川町へ行く気になった。

「ちょいと、確かめに」

「もう江戸には、おらぬかもしれぬぞ。銭は、要らんのかぁ」

　市之丞は薄笑いをうかべ、地べたの銭を拾っていた。

　紅梅長屋で汗をかいていたのは、市村座の伊八である。

湯屋が手隙となったので、侍大家は床山の仕事ぶりを見に来ていた。

「女に鬘をのせるてぇことは、いまだかつてねえんです。羽二重が、どうやってもなぁ……」

羽二重とは薄い絹地でできた頭に巻きつけるものだが、髪を押し詰める役をし、鬘下と呼ばれている。

元結を切られたとはいえ、おゆみの髪はたっぷり残っている。つまり羽二重をきつく巻いても、大きく膨らんでしまうのだ。

「やぁよ。これじゃ、頭にお釜を被せたみたいじゃないの」

鏡を見て、おゆみは顔をしかめた。

「だったらよ、髪をもっと短く切っちまうか」

「髪が伸びたら、またお釜頭になるじゃないのさ」

「まぁそうなるな」

「止してちょうだい。子どもや、ご近所に笑われるわ」

三十郎は外から入り、どれどれと鏡の中のおゆみを覗き見たとたん、おゆみは頭に載っていた鬘を投げつけてきた。

「見ちゃ、やだってばさ」

「なるほど小づくりな顔に、お釜髷(かままげ)は似あわんな。伊八、いっそのこと五右衛門髷を載せてはどうだ」

「あはは。滑稽すぎて、見世物(みせもの)小屋行きですね」

「笑ってないで、どうにかしてよ」

言われて、伊八は考え込んだ。幸次郎おやえ夫婦も、首を傾(かし)げている。

ただ一人おきぬだけが、済まなさそうにしていた。髪切り一件を、自分に関わることと思いはじめたからにちがいない。

暗い中での出来ごとであり、おゆみと自分は似ている。となると切られるはずだったのは、自分なのではとの思いである。

「あのぉ、こちらに――」

背ごしに声がして三十郎がふり向くと、今朝湯屋にやって来た婆さんだった。

「おぉ、汚(きた)な婆ぁ。てぇことは、おきぬの」

三十郎が言うより早く、おきぬとおふでは同時に目を剥(む)いてことばを失っていた。

「どうして婆やさんが、ここに――」

「髪がある……」

おふでのひと言に、三十郎が身を乗りだした。

「どういうことだ。婆さん、なにゆえ髪がと口にした？」

「尼さんになったって、聞きましたです」

「誰に」

「南町の与力さまから」

与力と言われ、居あわせた連中は三十郎を見込んだ。

「おれのわけがあるまい」

侍大家のひと言に納得したものの、おきぬ一人だけ首をうなだれたのは言うまでもなかった。

狙われたのは、おきぬである。それをしたのが誰であろうと、女郎あがりが女房の座を射止めたのを快く思わない者がいると。

——蜂山の野郎、なにを企んだ……。

髷を切ったのはまちがいなく、蜂山市之丞と極まった。が、大店の伜が身投げするかもしれないと新参与力に話をふったのは、三十郎なのである。

ことを大きくしたのが長屋与力の自分であったと、三十郎は軽率さを悔んだ。

「あたしだったんです。ごめんなさいっ」

伊八が即製した髷を頭にのせていたおゆみに、謝まったのはおきぬだった。

「いいんだって。若いあなたじゃ、こんな髷は似合わないもの」

「確かにな」

べチッ。

思わず口にした伊八に、濡れ雑巾が飛んできた。

「乱暴な長屋だなぁ。もっとも、ことばの荒い大家が差配しているなら、このくらいしねえと侍っ気は抜けねえか」

「鼬。おれは侍だ。大家は仮の姿である。ことばが荒いのではなく、身分というものがな――」

三十郎が屁理屈を口にしようとしたとたん、長屋の店子らが一斉に目を剝いた。

伊八がふたたび口を開いたのは、そのときである。

「お侍がどれほどのものか、番台与力の旦那はご存じありませんかね。長屋のみなさんの名代として、河原者のあっしが申し上げましょう」

芝居者と蔑まれてきたものの、今や猿若町の住人は憧れの的になっている。看板役者は、千両もの給金をいただく。そのおこぼれに与る裏方に、飢える者はいない。ところが、と付け加えた。

「旗本御家人さま方の、部屋住をご覧なさいまし。その名は、冷飯くいじゃありませんか」

「そのとおりだ。このあいだ厠の汲み取りで、武家のほうが町家より安いと知ったよ。千両役者の家は、さぞ高かろうな」

「あたし、汲みに行こうかしら」

知らない内に、おまちが敷居ごしに覗き込んでいた。長屋には塀も垣根もなかったと、今さらながら気づいた三十郎である。

――家と家とに隔たりがないとなれば、いずれ人同士にも差がなくなるのだろうか。

あり得ない想像をしてしまい、三十郎は首をふった。

「まぁなんであれ、八丁堀の組屋敷に育った者のことばは、死ぬまで変わらぬ。勘弁いたせ」

店子や伊八らは笑ったが、おふでだけは話を聞かずに目を据えたきり、おきぬを見つめていた。

一方のおきぬは膝に目を落としたまま、固まっているとしか思えなかった。枯れ枝のようなおふでの手が、一瞬おきぬの頬へ走るのが見えた。

パチッ。

防ごうとした三十郎だったがまにあわず、婆さんの手とは思えない力が、おきぬを壁まで飛ばしていた。

「泥棒猫の真似なんぞして、この女郎あがりがっ」

「おふで。おきぬは、徳松とはまだ――」

「でも、ご亭主から逃げ出して、若い男のもとへ走ったんだ。この恩知らず」

倒れ込んだおきぬを踏みつけようとしたおふでを、三十郎は押えた。

「植木屋の親でもないおまえが、左様に怒り狂うものではあるまい」

「あたしは奉公する者として、忠義を尽くそうとしているんじゃありませんか。これは立派な人の道ですよ」

理屈である。長屋の誰もが言い返せなかった。

ふたたび伊八が、身を乗り出した。

「今どきの流行りというわけではありませんが、近松大先生の浄瑠璃は、昔から人気です。なさぬ仲の男と女が、道行の末に心中する。これを悲しいとか不埒だとは、誰も言いませんや。もちろん絵空ごとの芝居ではありますけど、みんな憧れてるんです……」

その証拠に、死ぬしか道のない二人を愚か者とせず、芝居では錦(にしき)を飾ってあげているのだと言い切った。

「ほんとだわ。切なくなって泣いちゃうけど、よくぞって讃(たた)えちゃうもの」

芝居好きの女房おまちが、大きくうなずいた。が、おふでだけは異なったうなずき方をした。

「さようですか。死ぬほどに好きあうなんてね、お侍の切腹ほど見事だこと。おきぬさんたちも手に手を取って、死出(しで)の旅をなさるのかしら……」

皮肉な目をおきぬに送ると、おふでは外へ出た。

「どこへ行くのだ。おふで」

「南町の与力さんに、髷がありましたって伝えなくちゃ」

スタスタと出て行ってしまった。

四

八丁堀の組屋敷で非番の市之丞が昼食後の茶をすすっていると、婆(ばあ)さんが来ていますと下僕が伝えてきた。

地面に放った一朱をもらい忘れたので、婆さんが取りに戻ったかと出てみると、おきぬの髷はちゃんとありましたと言う。

左様なはずがあるものかと問い返したところ、紅梅長屋で人ちがいをしたらしいと分かった。

「おまえさま、しくじったですかね」

「馬鹿を申すでない。拙者みずから手を下すものか。まぁ、手下として使っている者に、やらせはしたがな……」

苦笑いして誤魔化し、囁いた。

「植木屋の亭主に訴え出るよう働きかけろ。やり直しだ」

「五両は、いただけるんでしょうね」

「うむ。これは出直しの酒手。受け取るがよい」

一分銀を出すと、おふでは押しいただいて出て行った。

――さて、どうする……。

池田屋にまちがいであったゆえ、また倅を押し込めろとは言えない。大店と縁を結べたのだ。与力としての信用が、消えてしまうことになる。

といって、植木屋の女房おきぬと確かめて髷を切り落とすのは、もう無理だろう。

「そうだ」

工夫を思いつくと、市之丞は出て行ったばかりの老婆を追った。

「おい、婆さん。頼みがある」

市之丞は一両小判を手に、おふでを手招きした。

上目づかいをされたが、黄金色の小判は効き目があった。

「なんでしょうかしら」

――かような婆ぁさんなればこそ、銭に靡く。いや、この世ばかりか冥府でも効くのが、地獄の沙汰も銭次第……。

「拙者に随いて参れ。悪いようにはせぬ」

「………」

触ったこともない小判にとんでもない注文が加わるのではとの想いが、婆さんに不安をもたらせているにちがいなかった。

「口封じをと、おまえを手に掛けるほど愚かしくはない。安心いたせい」

八丁堀の組屋敷の中ともいえる地蔵橋の上に、おふでをいざなった。

「下は堀割、突き落としたところで、水はおまえの腰にも届かぬ」

「で、どのような頼みごとを」

「呼び出してほしいのだ。おきぬをな……」

「来てくれますかね。あたしがなんと言おうと、難しいですよ」

「こう申せば、まちがいなく参る。亭主の次郎吉が、池田屋の徳松を訴えようと江戸に出て来たと、な」

「悪知恵ですか、お役人さま一流の。でも、植木屋の亭主はどこにもいないとなります」

「この与力が訴えごとを止めておると申せば、おきぬは信じる」

「なるほどねぇ、考えたものでございますこと。そのあとは？」

「婆さんの知ることではあるまい」

「大川端で、斬り捨てますか」

「止せ。拙者は、血を好まんでな。しかし、大川端に呼び出すのは、よいかもしれぬ。暮六ツすぎ、永代橋の西詰高尾稲荷で待つと伝えてくれ」

おふでは分かりましたと、欠けた前歯を隠しながら行ってしまった。

おきぬは紅梅長屋を出るべく、世話を掛けた幸次郎夫婦に挨拶をしていた。

　婆やがふたたびあらわれたことに、問い質す気になって目を細めた。

「なんですねぇ。あたしがあらわれるのが、そんなに嫌かしら」

「お婆さん。なにを言い忘れたのか知らないが、捨てことばを吐くならお門ちがいだよ」

　幸次郎が先手を打ってくれたが、おふでは笑った。

「なにも構えることはありませんですよ。八丁堀の旦那のところへ行ったら、ご亭主の次郎吉さんが池田屋さんを訴えたって」

「王子村の棟梁が、訴えたのですか。奉行所へ……」

　おどろいたものの、考えられないことではなかった。もう三日も家を空けているのであれば、亭主が疑ってもおかしくはない。

「訴えたって言っても、おきぬさんは不貞を働いちゃいないのよ」

　おやえが声を上げると、おふでは分かってると胸を叩いた。

「与力の旦那も、心得てたわよ。おれが訴状を預っているから、身の潔白を証せばなかったことにできるって」

「そうだ。潔白だって言うべきだよ、おきぬさん」

　幸次郎が口を添えたので、おふでは頼まれたままを口にした。

「今日の暮六ツすぎ、永代橋の西詰に高尾というお稲荷さんがあるそうで、そこへ来いって言われたのよ」

「そこに次郎吉さんと、与力さまが」

「そうね、一緒じゃないかしら。伝えましたよ、あたし王子村の留守番をしなくちゃ……」

婆やはいそいそと帰ってしまい、役人がどんな様子かも聞き損なってしまった。

「おきぬさん。暮六ツまではまだ間があるから、もうしばらくここにいるといいわ」

言われて、おきぬは頭を下げると幸次郎夫婦の家に戻った。

――どう言えば分かってもらえるだろう。

元の鞘に戻れなくても、池田屋に迷惑は掛けられない。なにより、徳松の将来を考えなければと、おきぬは思いあぐねていた。

昼下がりから暮六ツまで、おきぬにとっては長いようで短かった。

教えられたとおり、天下の魚河岸のある日本橋に出て、川沿いの左岸を永代橋へ向かって歩いていた。

安房（あわ）の漁師村に生まれ、ほんの一年前に吉原。そこで半年、やがて王子村に身受けされた娘同然のおきぬには、夕暮どきの大江戸は見るもの聞くものすべてが、物珍しいばかりだった。

が、その一つずつを確かめることもできず、人波に翻弄（ほんろう）されつづけた。どう釈明すればと、考えてばかりいたためである。

どうにか永代橋の西詰に、高尾稲荷とある鳥居を見つけたとき、暮六ツの鐘が鳴った。

朱いろの鳥居、その先に小ぶりな鳥居が幾つか連なって、その陰から侍があらわれた。

「おきぬであるな」

「はい……」

羽織袴の侍は、はじめて見る顔だった。

「取って食おうというのでも、斬り捨てる気でもない。王子村の植木屋の訴えを、待ってくれと。訴えごとを減らすための、これも町方与力の務めでな」

「うちの次郎吉さんは――」

「亭主は、おまえの顔を見たくないと、王子村へ帰った」

実直な次郎吉にならそうされても仕方ないと思えた。

与力は十手をチラつかせ、参拝の者たちを遠ざけた。町方の十手に、近づこうとする者はいなかった。

「お役人さまに、申し上げます。あたしと若旦那の徳松さんとは、吉原で逢って以来一度も――」

「ふん。逢うなんぞと殊勝な物言いをせず、抱いたの貪りあったのと申すがよかろう」

「……………」

「罪深い女だのう、大店の伜を骨抜きにしおった」

言い返すことなど、とても叶わないところに追い込まれていた。罪が深いと、あの世でも救われないのだ。

「左様に、悄気ることではない。悔い改めてこそ、浮かぶ瀬があるというもの」

「どうすれば、よろしいのでしょうか」

「はてさて、どうすればなどと言われてもな」

十手を弄びながら与力が険しい横顔を見せたので、おきぬは次のことばを待った。

なにも答えてくれない代わりに、町家の灯り（あかり）が一つ二つと点り（ともり）はじめた。大川を往く舟にも、火が入っていた。

が、一艘（いっそう）だけ火が消えるのが見えた。

「油が切れたかな、船頭が不用意であったようだ……。池田屋も、迂闊（うかつ）なものよ」

「若旦那のご実家が、なにか」

「なにかどころか徳松は、座敷牢を出た晩に首をくくろうとした」

「えっ」

「逢いたい見たいが昂（こう）じたものか、尼となったおまえに申しわけないと――」

「し、死んだのでございますかっ」

「助かった。が、痴（し）れ者となり、またぞろ座敷牢に込められた」

「あたしは尼になど、なっておりません」

「徳松の思い込みは、誰も止められなんだ」

与力の重々しい口ぶりが、おきぬの顔から血の気を引かせた。悔んでも悔みきれない痛恨が、胸の内にあふれてきた。

「今となっては、仕方なかろう。尼になるか。それとも王子村の植木屋のもとへ帰り、なにごともなかったように暮らすのもよい。世間は、いずれ忘れてくれる」

笑い掛けてきた与力に、おきぬは世間そのものを見た。

──あたしの所為で、徳さんが……。

おきぬはフラつく足を必死に堪えながら、稲荷神社の短い参道を奥へと導かれていった。

「ここは高尾稲荷と申してな、仙台侯を袖にして自害いたした花魁を祀っておるところ。おまえも吉原に沈んだ身なれば、同様の罪を贖うか……。そぉれ、社の右手は大川だ。三途の川は、それそこに……」

「徳さん。若旦那、済みません」

大川の小波が光り、土手を打つ波音がおきぬを招いている。

──若旦那、堪忍して。

「いけないよっ」

背後に女の声がするのを、おきぬは夢のように聞いた。

市之丞は、ことのほか上手くことが運びそうだと北叟笑んだ。そこへ女が飛び出してきて、おきぬの体を抱きかかえたのである。

とんだ邪魔者がと見れば、婆ぁおふでだった。

「婆ぁ、なにをしやがる」

「へぼ役人め、こんなことだろうと待ってたのさ。尼になれと言うのならまだしも、大川へ身を投げさせようなんて」

「入水しようとしたのは、女のほうだ」

「おおそれながらと、訴えるよ」

おふでの目が、真剣だった。

「一両を受け取ったろうに、婆ぁ」

「こんなもの返すよ、へな猪口役人」

「貴様ぁっ」

声を荒らげ、市之丞は突進した。

小柄な老婆と、心ここにあらずの細身の女は、太めの与力のがぶり寄りに突き落とされた。

ドボッ、ドボン。

大川は女ふたりを、呑み込んでいた。

市之丞は一目散に走り、稲荷社の向かいにある船番所へ駈け込んだ。

「身投げである。すぐに舟を出せっ」

十手を翳した役人を、番所役人は信じた。すぐに川舟が用意されたが、大川の流れは身投げした者を救える速さではなかった。

五　三十郎、私闘す

一

与力の三十郎が今日も亀の湯に面白くもない番台奉公だと、井戸端で顔を洗おうとしたときである。

「おはようございます。大家さん」

「徳松か、早いな。勘当が解けたと聞いた。この長屋にある物なんぞ持ち帰ったところで、裕福な実家へ戻る身には用をなすまい」

「ええ。でも、朝衣が。いえ、おきぬさんが寝ていたって……、あたしのところで」

未練がましいというより、若い男にありがちな恋慕の執念が、痛々しいほど徳松に見て取れた。

勝手知ったる自分の家に、狸が雌の匂いを嗅ごうと塒に帰ってきたのだった。

「大家さん、おはよ」

隣家の女房おくみが、洗い物を抱えて出てきた。髪が乱れている。

「ほほぉ、昨晩は亭主と仲直りしたようだな」

「お生憎さま。寝返りを打ったら、床の勾配で転がっちゃったのよ。枕の向きを変えたのが、失敗。あはは」

「家主に傾きくらいなんとか致せと申しておるのだが、一つ直すと、壁も襖も敷居もと際限がなくなり、大きな出銭となるからせぬ。これが答だ」

「いつものことだわ。傾きを直すなら店賃を上げるぞ、でしょ」

分かってるわよと、おくみはほつれた髪をかき上げた。

「その仕種、長屋の女房にしちゃ色っぽい」

「まぁ嬉しい褒めようだこと。うちの宿六に言ってやって下さいな、おまえにはもったいない女房だって」

朝めし前の軽口はいつものことだが、長屋で食べてないのは三十郎だけで、亀の湯に行けば朝餉の膳が仕度されている。

カタッ。

長屋の奥の一軒から音が立って、おくみが不審な目を向けた。

「誰か、いるっ」

「穴ぐらに戻ってきた狸さ」

「狸。入っちゃったの、傾いてる隙間から」

「ちがうちがう。さっき、徳の野郎が」

「えぇっ。また勘当の身？」

そうではないと、三十郎が手をふったとき、中からすすり泣きが聞こえてきた。

「大の男がメソメソするなんて、情けないわね。人さまの女房になったのだから、諦めるがいいじゃないの。まったく」

女だからこそできる思い切りなど、大店の若旦那には通じないだろう。男の本質は女々しいものだと、おくみに言い返したかった。

「おはようございっ」

威勢よく挨拶をしてきたのは幸次郎おやえの夫婦で、夜明け前から魚河岸で働いた帰りである。

「いいわねぇ、もう一日のお仕事が終わりなだなんて。羨ましい」

「馬鹿言っちゃいけませんや。明七ツ前には河岸、冬なんぞ凍えそうで腰をやられる一方でさぁね」

　おくみと三十郎が奥を見つめていたのを、幸次郎の女房おやえが気づき、問い掛ける。

「あら、もう次の店子さんが来たんですか？」

「徳さんが、お名残りを惜しんでやって来たんですって。涙、涙だわ」

　覗いてみたらと、おくみがそそのかす。おやえは放っといてあげなさいと、自分の家に入った。

　隣家に夫婦者が帰ってきた音で、徳松はわれに返って出てきた。押し殺して泣いた目は赤く腫れ、鼻をすすっている。気の毒で見ていられないと、三十郎は見ないよう顔をそむけた。

　それとなく気詰まりな気配は、長屋にいる者たちを外に出させるものだった。弥吉の女房おまち、貸本売りの彦太、按摩の条市の三人である。

「おぉ徳さん、久しぶりだね。ここを引き払うので、挨拶か」

「彦さんでしたか、ご無沙汰を。引越しは、しません。実家には二度と帰らないと、決めました」

　信じ難いことばが徳松の口から出て、一同は、考え込んだ。

確かに池田屋に暮らせば、座敷牢の記憶が甦るかもしれない。そればかりか親たちの監視も、嬉しくはないだろう。

しかし、二度と帰らないとは合点がいかないことと、店子連中は首を傾げた。

徳松は頭を下げると、一人ひとりの目をうかがいながら、ことばを紡いだ。

「とうとう逢えず。すれちがいとなったのは、みなさんご承知のとおりです。ご迷惑をかけたようで、すみませんでした」

「迷惑だなんて、少しも……」

おまちの返事に皆がうなずいたのは、言うまでもなかった。

「あたしが至らなかったばっかりに、女ひとりを台無しにしたんです」

「台無しとは、言えないわ。元の鞘とは行かないまでも、ご亭主のもとへ帰れたんでしょう」

「亭主って、王子村の――」

涙で赤くなっていた徳松の目が、一瞬にして血走った。

「そうよ。ちゃんと戻ったか、まだ分からないけど、訴状は取り下げられたはずだもの」

「あ、尼になったんじゃ、ないんですか」

今度は三十郎たちがおどろく番で、わけが分からなくなった。

「徳松。尼になったと、誰の口から聞いた」

「座敷牢を出ると、そこに親父と番頭と奉行所与力がいて……」

――蜂山（はちやま）の野郎だっ。

眉を逆立てた三十郎は、南町へ一目散に走りだした。


南町奉行所は、朝から人の出入りが多かった。

訴状の持ち込みの列ではなく、船番所の紋を染めた半纏（はんてん）に褌（ふんどし）ひとつの男たちである。

「おいっ。なにがあった」

「あ、同心の旦那。昨夜、大川で女ふたりの身投げがございまして、こうして皆で身元を洗おうってところです」

相変わらず黒羽織姿の、三十郎である。同心と言われて癪（しゃく）にさわったものの、まずは内与力の高村喜七郎（きしちろう）の用部屋を目指した。

「なんだ紅（くれない）、来ておったのか」

「蜂山は、与力見習の蜂山市之丞（いちのじょう）は、どこに」

「あやつなれば、身投げの二人を救い損ないましたと、残念がっておった。それよりも、おぬしも仏になった女ふたりを確かめてくれぬか」

「確かめよと仰せですが、この広い江戸に女は数多とおります。どこの何者かなど、とても――」

「そう言わず、町方とはそこから手掛かりを見つけだすもの。幸いにも、船番所の舟が二人をすぐに引き上げたゆえ、醜く膨らんだ土左衛門ではない」

導かれるまま、三十郎は奉行所内の小屋へ向かった。

同心や捕方、町の十手持ちなどが並び、一人ずつ莚を上げては首を傾げているのが見えた。

「いい女だったぜ、若いほうは」

年輩の岡っ引が並んでいる仲間を見つけては、笑い掛けていた。聞かされたほうは、娘かと問い返す。

「丸髷、人の女房だ。もう一人は、婆さん女中ってとこかな。それが、女房の帯を摑んだままでよ……」

「――」

予感というほどのものではないが、三十郎は丸髷と耳にしたとたん、列の前に出た。

「見せろ」

真新しい莚が、二枚重なるかたちに並べられてあった。

一枚がまくられ、見憶えのある女の顔が観音菩薩のように横たわってあらわれた。

二枚目も同様に剝ぎ取られると、またもや見知った老婆の、こちらは歯をくいしばった顔が醜く出てきた。

「両名とも王子村、植木職人次郎吉の家の者にちがいない」

「ご存知でござったか、手間が省けた。北町の同心どのが検分に来られたことで、助かりました」

南町の若い同心は、三十郎を北町の同輩と見て軽く会釈し、小者に急ぎ王子村へ行けと命じた。

「おぬし、頓馬の小山か……」

「と、頓馬？」

「小山、國介。この顔を、忘れてはおるまい」

三十郎が顔を突き出すと、間延びした馬づらの國介は大袈裟に仰け反って目をしばたたいた。

「くっ、紅さま。遂に同心へ格下げとなられましたのですか」

「馬鹿野郎。格下げになったとは、なんだ。わけあって、同心姿にて影の御役を務めておる。舐めた口を聞くと、小伝馬町の見廻り方に送るぞ」

「ご勘弁ねがいます。わたくし実は先月、所帯をもちましたばかりでして――」

「所帯をもつと、頓馬が俊敏になったとでも申すか」

「いいえ。そうしたことではなく、牢役人と妻に左遷なんぞと伝わりますれば、なんでございます。紅さま、ここは大勢おりますゆえ、こちらへ」

國介は三十郎の袖を引くと、奉行所の外厠が並ぶ裏手に連れ込んだ。

「おまえなぁ、あやしい臭い話をするからと、かようなところに引っぱり込むものではあるまい。それとも同心が上役の与力に、ご内聞にと袖の下もどきを致すか」

笑いながら袖をヒラヒラさせる三十郎に、國介はとんでもないことをと手をふりながら言った。

「小山。役人同士なれば、賄賂にはならんのだ。盆暮の付届けを忘れておりましたゆえ、これにてと。出せ」

「質実剛健にして謹厳実直であられた紅さまが、左様なことを……」

「人とはな、居どころが変わると豹変することがある。おれは心を入れ替えたのだ」

「心を入れ替えたなどととは、冗談でございますよね。この小山を試そうとなさって――」

「ちがう。小山、昨今の江戸では武士それも幕臣までが、民百姓に馬鹿にされはじめたと知ったよ」

三十郎は肥汲みの百姓にまで舐められていると、侍身分が紙ほどに軽くなっている話をしたが、國介は知っておりますと平然とうなずいた。

「なにを隠そう、私が娶った妻は商家の娘でございます」

「御家人株を、売り渡したのか」

「まさか。それ相応の手蔓にて旗本の養女とし、祝言も盛大に――」

「銭に負けたな」

「なにを言われようとも、気には致しません。ただし、妻の実家に牢役人となったとは申したくないのでして、なにとぞご容赦をねがうところでございます」

「分かった。その実家とやらに、上司へ付届けをしたいと、無心して参れ」

「はぁ？」

「おどろくほどのことではあるまい。娘の亭主が困っておるとなれば、十や二十の銭はわけもあるまい」

「紅さまの豹変ぶりは信じ難いどころか、魔物に魅入られたようで……。そうでした。今ほどの土左衛門を、ひと目で見抜いたのも驚愕の技。まさに、鬼でございました」

國介は付届けを回避せんと、巧みに話をずらそうとしたが、三十郎は見破った。

「商人そのものとなったの、小山。付届けは、次に拙者がここに参った折に受け取ろう。おれは、鬼となったのだ」

「私、ほんの十日ばかり前に祝言を上げまして、実家はなにかと物入りつづき。そこにあと少しとは、とても……」

「大店ではないのか？　妻女の実家は」

三十郎が訊くと、太物を商っているのだが急に分店を閉めるなど景気は思わしくないと、國介は口を曲げた。

「それじゃ、銭と所帯をもったことにならぬではないか」

「結納を交した去年は、繁昌しておったのです」

「左前となった理由は、綿糸の調達が滞ったとか、客が古着ばかりを買いに走りだしたとか？」

　問われた國介は、声をひそめた。

「品物の卸し主である問屋が、卸しの小売先を代えたのだそうです」

　新参の商人に太物の大半を卸し、國介の岳父の店には従来の四半分しか卸さなくなったという。

「問屋なれば株仲間の決まりがあるゆえ、左様なことできぬはずだが」

「商いの習慣など、あってなきがごとくの嘉永です」

　一文でも高く買ってくれるところへ、品物は卸される。これが新しい勝手市場というものらしいと、國介は顔まで歪めた。

「まさか、その太物問屋、浅草材木町の池田屋なんてことあるまいな」

「鬼っ。まさしく、池田屋です」

「――――」

　池田屋は、一人息子を籠絡する女に消えてほしかった。といって、破落戸などを雇って始末すれば、先々まで強請られてしまうだろう。

　ましてや町方役人に嗅ぎつけられたら、死罪はまちがいない。そこまで考えた三十郎が思いついたのは、虎穴に入らずんば虎児を得ずだった。

――池田屋は与力見習の蜂山市之丞を使い、おきぬとおふでを身投げに見せかけ夜の大川に突き落とした。

「これなら、辻褄が合う。分かった……」

「紅さま。私めの妻女実家、救済の名案が――」

「やかましいわい」

言い捨てた三十郎は、内与力の喜七郎の部屋へ急いだ。

高村喜七郎の前で、三十郎は池田屋と蜂山のズブズブの関わりを述べ、すぐに双方お縄にして締め上げるべきと具申した。

「面白すぎるな、紅。芝居でも、左様な筋立ては乱暴にすぎて流行らぬ。両名を召し捕り詮議したところで、尻尾を出すかな。賄賂なんぞとちがい、人殺しであろう」

内与力に証拠が一つもないと言われ、一蹴された。

「………」

鍵は婆さんおふでが握っていたであろうが、死んでしまったのである。

三十郎は惚けたように南町奉行所を出て、阿部川町の長屋へ帰った。

ひっそりと水を打ったような昼下がり、野良猫が安普請の板屋根の上で寝そべっている。

長閑（のどか）とはこれだろうが、大家としての心もちは忸怩（じくじ）たる思いに揺れていた。

――役人が、役立っていない。

おきぬが大川に浮かんでいたと、長屋では口にできない大家だった。

さて、どうしたものかと、やがて終わろうとする春の空を見上げた。

白く淡い月が見えて、星は昼にもあるとの話を思い出した。

「明るすぎて、小さな光ゆえ見えぬだけ。広大無辺にして無量なる天界には、目にできぬものが数えきれぬほどある。星も、その一つじゃ」

武州秩父で代官手代をしていたとき、禅寺の僧侶に教えられた話だった。

星、すなわち下手人を指すことばでもある。

三十郎の足は、幸次郎おやえの家に向かっていた。

「おるか？　大家だ」

「まぁ大家さんでしたか。先ほど急に出て行ってしまわれたので……。徳さんはまだ、中に」

声をひそめて隣はまだ沈んでいると、おやえは泣く真似をして見せた。

「しばらく放っておけ。少し訊ねたい。おふでと申す女の様子なり、婆さんがなにかを知っていたふしはなかったか」

「どうでしたかしらねぇ。王子村でのことは聞いても答えてくれなかったし、亀の湯へ行ったくらいですから、大家さんのほうが詳しいかと思います」

「左様か。気の毒な生まれであるがゆえ、強かな女であった。まちがっても、世を儚んで死ぬ婆さんでもなかろうが」

「でしょうね。食わせ者かもしれませんけど、思いのほか善人のような気がしました。おきぬさんが不貞を働いたと言うものの、尻尾を出さないって顔をしかめてましたから。嘘のつけないお人でしょう」

三十郎以上に、おふでもまた証拠をつかめないことに、苛立っていたのかもしれない。

――だとして、なにゆえ川へ……。

腕を組んだまま考え込む三十郎に、おやえの亭主幸次郎が思わぬことを口にした。

「そういやぁあの婆さん、いっぺん戻ってきて、おきぬさんが永代橋に行くとか言ってたじゃねえか」

「永代橋は、まちがいないか」

「ええ。確かに永代橋って」

おふでと蜂山市之丞がどこまで関わっていたか、おおよその見当はつく。約束の銭がどうのこうのと、三十郎に嘆いた婆さんである。

さらに昨晩、永代橋に市之丞がいた。

二人が無理心中を計ったとは思えない。

おきぬが死のうとしたのを、おふでが止めたと考えてみた。しかし、強かな婆さんであるなら、身投げを黙って見過ごすのではないか。

――いや。そうではなく、投び込もうとしたおきぬを抱き止めようとして、帯を……。

想像は、憶測の域を出ないまま、堂々めぐりとなった。

三十郎の足は南町奉行所へ、ふたたび向かっていた。

門番に声を掛けると、下にも置かぬ丁重な扱いを受けた。

「よぉく存じております。影の御役を務めておられると、高村さまより」

嬉しかった。南町奉行所内で、晴れて認められたのだ。

「南町の皆、であるか」

「いいえ。知っておりますのは、数名です。わたくし門番の、治平と申します。なにごとも、わたくしを通し……」

「頼りに致すぞ、治平。早速だが頓馬、いや同心の小山を」

小山國介を使い、蜂山市之丞に仕掛けをしてみようと考えたのである。すぐに出てきた國介は、渋い顔を返してきた。

「早すぎます。付届けのほうは月末まで、ご容赦をねがいたく――」

「そうではない。狸を炙りだす方法を、思いついたのだ」

「狸と申しますと？」

三十郎は國介の袖を引くと、塀の内に引きずり込み、声を落とした。

「与力見習の蜂山が、狸である。詳しいことは、あとで話す。今夜、五ツ半に池田屋へと伝えておけ」

「それであるなら、門番に」

「太物を商うおまえの岳父から泣きが入り、恥をしのんで私が使者に立ちましたと申すのだ」

「どのような用向きかと問われましたときは、いかが致しましょう」

「ニヤリと、薄笑いをしろ。それで通じる」

通じなければ、蜂山市之丞は無実。それとも賄賂の受け渡しが多すぎて、しばらく出入りをしないとの約束ができているかのどちらかだと確信してのことである。

必ず伝えろと國介に言い置くと、三十郎は亀の湯へ向かった。

今夜の仕度をしたい。町方同心の姿は、あまりに目立つのだ。といって素浪人は怪しく思われ、番所へ告げられてしまう。

「さて、なにに変装してやるか」

今までとちがい、別人に扮することが面白くなってきた。

想うそばから、空荷を担ぐ豆腐屋とすれちがった。

――朝の早い豆腐屋では、夜の街を歩くのはまずかろうな。

その前に、猿若町の床山に来てもらわねばと、市村座の楽屋へ寄ることにした。

奉行所からはどちらも同じ方向で、人通りは多かった。

駕籠舁が横切る。尻をからげた褌姿は、断わろう。肥汲みの大八車を牛が曳いてゆくが、これも遠慮したい。

膏薬売り、飴売り、瓦版の読売りも見たが、どれも好みじゃないと首をふった。

歩きづらいと足元を覗き見て、草履の鼻緒が弛んでいるのに気づいた。

「これは、まずい」

履物屋を見て、店に飛び込んだ。

「鼻緒を見てくれぬか」

「いらっしゃいまし。これは町方のお役人さま、おつとめご苦労さまでございます」

そうなのだ。歩いていても、店に入っても同心だった。それなりの対応をと考えはじめたとたん、戸惑いをおぼえた。

三十郎は町廻り役を、したことがないのだ。

武州で代官手代だった時分は馬に乗り、ほとんどが百姓相手。八丁堀に来てからは、内勤の与力。阿部川町の住人となって、大家兼湯屋の番台。となれば、役人らしさとはなんだろうと考え込んでしまった。

横柄になっては幕府役人、引いては侍の評判を落とすだろう。

といって寛容さを顔に出しつつ、丁寧なことばを用いれば、腰の大小や十手が軽いばかりの偽物と見抜かれて騒動を見る。

「おれはどうすればよいのだ」

「どうぞ上り框に腰を下ろされ、粗茶などお召し上がりをねがいます」

三十郎が腰かけると、番頭が草履を脱がせた。

「随分と長いあいだご愛用でございましたようで、草履裏もかように擦り減っております。いかが致しましょう」

「新しい物にしたいのだが」

「お代でございましたら、いつでも通りがかりの折に」

「銭ならある。そうではなく、新しいとよ、鼻緒んとこが足に擦れて困っちまうからな」

「――。困っちまう、でございますか」

笑われた。自分がなんなのか、三十郎は分からなくなっていた。

役人である前に、侍であり男でもある。その前に、鳥や獣ではない人間なのだが、おれはいったいなんなのだろう。

「三十にして立つというが……」

論語には三十歳ともなったなら、自立せよとある。

「立ってねえぞ、おれ」

「はい、すわっておられます。履いてごらんになった上で、直すなり新しい物を買うと仰せでございますか」

番頭はオロオロして、店の主人や小僧を呼ぶと、この客がと目で言った。

「お疲れのようで、どうなさるおつもりか悩んでおられます」

「いらっしゃいませ。お履物の鼻緒が弛んでいると見ましたが、由緒あるお草履でしょうか」

「安物である。親の形見でもない」

「あちゃ。馬の糞が付いてます、番頭さん」

小僧が笑うと、番頭は眉をひそめた。

「これ、お役人さまになんと失礼なことを。汚れていると見たら、拭いてさしあげろ」

「拭いたら安っぽい草履は、バラバラになります」

「なんてことを。毎日歩きどおしで町方を務めていらっしゃるお方は、三日にあげず履物を取り替えるのだぞ」

「三日でか。そうしたものかな……」

「いえ五日か十日ばかりでございましょうか。なんであれ、市中見廻りは足元が命とうかがっております」

　主人は言いながら、棚にあった草履を取り出した。

「これをお試し下さいませ。新しい物は足に馴染まず、擦れて痛いもの。この草履は、ここへいらして下さるお客さまの仮り履きとして足を載せる物となっております。汚ないと仰せなら無理にとは申しませんが、それなりに柔らかくなっております」

　差し出されるままに、三十郎は足を添わせた。

「ピタリであるな。誂えたようである。売ってくれ。幾らだ」

「とんでもない。かような物は、使っていただけるだけで店の評判となります。どうぞ、そのまま」

「有難いと申したいところなれど、商家と役人に貸し借りがあってはならぬ」

「なんとも公明無私。では、お代を頂戴いたすことに。一両では、いかがですかな」

「高い。絹地に、金紗銀紗を縫い込んでおらぬ」

「そうではないものの、安物ではございません。どなた様にも添う草履とは、あれこれと作り手の技が使われております。かの千葉周作先生も足を載せられ同じ物をと、注文なされました」

剣豪にして、弟子の育成に定評のある道場主の名が出ると、三十郎に閃いたものがあった。

「一両を取って参ろう」

「お止しねがいましょう。差し上げますが、代わりにお役人さまの御用達をいただきとう存じます」

「御用達は、無名な町方なんぞでなく、奉行とかが致すものだ」

「お奉行さまは、歩きませんです。いかがなものでしょうな、店の暖簾の片隅に町方同心様御用達と書いた小さな札を掛けるというのは」

商売とはこういうものかと、三十郎は舌をまいた。転んでも、ただでは起きないのだ。

仕方なくうなずき履物屋を出ると、腹が鳴った。

江戸市中が食べることに利便なのは、昼夜を問わずどこかしらが店を開けているからだ。

蕎麦屋(そばや)など好い例で、休むことを知らない。夜中でも町木戸が閉まるまで、夜鳴き蕎麦の屋台が出ていた。

それが当節、饂飩(うどん)なる屋台が出没し、田舎藩士を喜ばせていた。太い蕎麦切りかと思って食べたが、ニチャッとした食感とズルズルとする音で、三十郎は嫌いになった。

「冬場、風邪っ引きの折に食すと温まるぞ」

先輩与力に言われたが、妻女おりくと子どもたちが美味(おい)しいと食べたのにおどろいた。

「饂飩は江戸の食べ物ではないぞ」

「いいえ。わたくしの実家武州では、母が捏(こ)ねておりました。ねぇ、おまえたちも好きでしたよね」

子ども二人も、脇目もふらずに掻っ込んでいるのを、三十郎は顔をしかめたのを憶えている。

幸いにも饂飩屋はなく、蕎麦屋を見つけた。ざる蕎麦を二枚注文し、できるのを待った。

先刻の閃きとは、剣術のことである。

三十郎は池田屋と蜂山の深い関わりを、法度（はっと）に照らして処罰することばかりを考えていた。

――しかし、よほど大きな証拠を摑まない限り、すみませんでしたの軽い罰で済んでしまうだろう。賄賂（まいない）など代わりに立て替えたまでと返せば、なにもなかったに等しく、今後は慎重になりますで終わりかねない。

であるなら、蜂山市之丞に終生忘れられない痕跡を残す手があると、閃いたのだった。

良いこととは言い難いが、眉間（みけん）に向こう疵（きず）の一つなり肋骨（あばら）の一本もと、思いついたのである。

闇討ちをしようというのではなく、正々堂々と木剣を手に稽古をつけてやるのだ。八丁堀の町方道場ではなく、池田屋の裏庭で。

市之丞が逃げ腰となったら、与力の心得なりと言って稽古の木剣を手に取らせる。三十郎にはそれなりの自信があった。

やることの少なかった秩父の代官手代の頃、暇をもて余しての稽古が、役に立ちそうな気がしていた。

「お待ちどうさま」

蕎麦が二枚、運ばれたので杉箸を取る。ほかの客の目を気にしつつ、町方同心らしく食べるのが暗黙の決めごとだった。

汁の入った猪口(ちょこ)を手に、軽やかに品よく蕎麦を口へ運んだ。

「あ、甘い……」

生醤油で食べるつもりはないが、甘さの立った出汁(だし)は江戸の味ではなかろう。いかにも田舎侍が好みそうな出汁に、腹を立てた。

まるで三十郎が甘いと言われているような気がして、一枚を残して店を出た。

三

猿若町の市村座楽屋口は、町廻り同心があらわれたことで、小さな騒ぎを見た。

「ど、どなたに、御用で」

「床山の鼬(いたち)だ」

「伊八さんでしたら、次の幕の仕度で役者の部屋におります」

「ここへと、呼び出して参れ」

「へい」

　楽屋番は青くなって、奥に入っていった。裏方はみな立ち上がり、三十郎を遠まきにして眺めた。

「なにかしでかしたんだろうか、伊八の父っつぁん……」

「博打じゃねえか、このところ銭まわりがよさそうだったもの」

　急いで出てきた伊八だが、三十郎を見て口をひん曲げた。

「いちばん忙しいときなんですから、お待ちねがいますぜ」

　啖呵もどきを投げつけると、伊八はふたたび楽屋の人となった。

　おどろいたのは楽屋口に屯っていた者たちで、役人へ悪態をつける床山を、大丈夫なのか後々酷い目を見るのではと、膝をふるわせていた。

　江戸では、町人や百姓が武士を舐めてかかる風潮があったが、河原者である芝居町の住人は役人を畏れるところがある。

　十年ほど前の天保期、公儀のひと言で芝居小屋は一ケ所にまとめられ、寄席は大半が閉鎖の憂き目を見た。

　併せて役者は外出するときに笠を被れとの御触れが出されたが、それだけはすぐに沙汰止みとなった。

なんであれ、下層とされる芸能者は公儀に弄(もてあそ)ばれやすい。その一人に、三十郎は玩具(おもちゃ)にされたのだ。

――となると、おれが最下層……。

髪に櫛(くし)を挿(さ)したまま、伊八が出てきた。

「次の幕が開きましたから、中へ。役者連中がおどろかねえよう、お腰の物は預かっておきましょう」

言うと同時に、三十郎の大小と十手は取り上げられた。

目を丸くしたのは、楽屋口の者たちである。

「あ、あっ。役人の刀……」

「おう、これのことか？　竹光(たけみつ)だ」

伊八は抜くと、自分の首をピシャピシャと叩いた。

「てぇと、町方のお役人じゃねえの？」

「役人にはちがいないというか、南町の与力さんだ。その名も金さん、金四郎」

「へ、へへぇ」

裏方たちは昔の遠山左衛門尉(さえもんのじょう)と同じだと、ひれ伏した。

胸を反(そ)らした三十郎は満面の笑みをうかべ、ことばを放った。

「騒ぐでないぞ。内緒だ、よいな」

「いい気なもんだぜ、まったく」

狭い楽屋通路を進みながら、伊八が呆れたものだと声を上げた。

素浪人、紅三十郎が仕上げられた。

月代を剃っていない髷に、無精髭を口の周りにまぶされ、安物の縞木綿と擦れた袴。ただし、腰には木剣がひと振り、手にもひと振りの木剣である。

亀の湯に顔を出すと、主の吉兵衛が眉を寄せてきた。

「ついに奉行所を、お払い箱ですか。なんとなく気づいてはいましたがね」

「あのなぁ、おまえの従兄の伊八は金四郎さんと言ってくれたぜ。それなのに、お払い箱とはなんだ」

「似合いすぎてますから、あまりに。けど、番台には向いていません。釜焚きにまわっていただきましょう。薪割りは、得意と見ます」

「分かったよ。朝から休んじまったからな」

剣術の稽古代わりに、薪の百本も割るかと裏へまわった。

鉈を降りおろしながら、池田屋での今夜を想い描いた。

浪人姿の三十郎が、表口から入る。番頭たちはおどろいて、役人を呼びますよと叫ぶだろう。そこで、こう言う。

「役人に踏み込まれて困るのは、当家の主と南町与力のほうではないのか」

蜂山がいれば、主人の太郎兵衛が出てくるにちがいない。

——いや、蜂山が池田屋に入るのを、この目で確かめてからにしよう。

三十郎は先まわりする必要があると、暮六ツの鐘が鳴って出ることに決めた。

太郎兵衛があらわれる。三十郎を見て、どちら様ですかと訊ねる。

遠山の金さんなら、諸肌を脱いで桜の彫物を見せつけるところだが、生憎なにもない。そこで池田屋は三両ほどの包みを、おれに握らせようとする。

「これはほんの気持ち、酒代にして下さいまし。今夜は、なにもなかったということで……」

「強請たかりじゃねえっ」

小判の包みを三十郎が払い落とすと、そこへ蜂山が顔を出す。

「十手が見えぬか、お縄にされたいわけではあるまい、浪人」

「おっ、蜂山。そなた南町の、蜂山であろう」

蜂山が目を見開くと、三十郎であることが分かる。そこで立て板に水の台詞を

一気に──

「大川での土左衛門、二人一緒たぁ、お釈迦さまでもご存知あるめえ。おまえの悪事を知る婆さんを、始末するついでにおきぬまで、道連れにしたとは恐れ入る。ところが手前は空惚け、なんのことやら分からぬと、白洲の前で白を切る。ならば池田屋、お前はどうだ。一人息子を骨抜きにした女こそが憎々し、いっそ殺して亡き者にしていただけるなら与力さま、どうぞお力ねがいます。ことが成就の暁は、月の手当と盆暮に、五両十両十五両、ほんの酒代鼻紙代……」

──こんな長台詞、言えるだろうか。

鉈をもつ手がすっかりお留守になって、薪はほとんど割っていなかった。

暮六ツの鐘は、浅草寺。

三十郎は腹ごしらえにと、煎餅を食べることにした。戦さというほどではないが、胃ノ腑が空では力が入らない。といって、腹いっぱいでは動きが鈍くなる。

どこから見ても、素浪人なればと、歩きながらボリボリと煎餅をかじった。

実に無作法きわまりないが、黄昏どきの中でする食べ歩きは妙に楽しく思えた。

──ひとりも見ちゃいねえ、のではなく貧乏侍の浅ましい姿を、嘲笑っていやがる……。

「様ぁみやがれ」

　つぶやいた。

　と、同時に三十郎は役人だった自分を、浪人たちがそうした目で見ていたのかとの思いに至った。

　――禄を離れて裏長屋で傘張りをする浪人や、妻子までありながら日に一食しか口にできない元藩士は、おのれの境涯を嘆き、役人身分にある者を恨んでいただろう。

　努力不足でも、才覚に恵まれなかったのでもない。長男として生まれることなく、世に出てきただけではないか。

　頓馬の小山國介は、同心でありながら先見の明があったらしい。町人の娘を娶ったと馬鹿にされても、実を選び取った。

　もちろん銭がすべてではなかろうが、武家の柵を絶ち切ろうとの勇気は、見上げざるを得まい。

　――柵、こんな嫌なものは捨てるべきだ。

　祖先の武勲をおのれの手柄のごとく語る愚人は、誇れるものを持たない者ばかり。高価な品物を自慢する奴に限って、貫目の軽い馬鹿と決まっていた。

「なんて世の中だ。尻が笑うぜ」

言いながら、プゥと屁を放った。

通りすがりの子守っ娘は口を押えて笑ったが、羽織袴の二本差は顔をしかめた。

三十郎が思い出したのは、武州秩父にいた時分の代官である。

土地の名主が、貫目の軽い者が多くなったと嘆いて見せたとき、代官は鷹揚に答えた。

「所詮、持たざる者の僻み根性。下の者より蔑まれたところで、痛くも痒くもない」

代官のひと言に、名主ばかりか代官手代の三十郎もうなずいたものである。

が、長屋の大家となった今は昨日までとは異なっていた。もっとも、それを正しいと触れまわる方途は、持ちあわせないのだが。

食い終えた煎餅の包み紙を、通りがかった屑屋の籠に放った。

屑屋が頭を下げた背後に、池田屋の看板が見えた。

蜂山市之丞はまだ来ていないはずと、三十郎は塀沿いを歩くことにした。

店をもつ家は小僧が戸を閉め、軒行灯に火を入れる。仕舞屋では夕餉の仕度に、女たちが働いていた。なにもかもが、いつもどおりのようである。

いつもとちがったのは、三十郎の顔半分を覆う芝居用の無精髭だ。細かにした毛を糊で溶いたものらしいが、乾いたことで口の周りが突っ張ってきた。

痒いのではなく、頬が固まってなんとも言いようがなかった。

手で払えば、落ちてしまうのではないか。役者とは辛抱づよいものだと、妙な感心をした。

池田屋の裏木戸に、頭巾を被った羽織袴が立った。太めの体軀は、まちがいなく蜂山市之丞だ。横柄な胸の反らしようが、役人を見せている。

三十郎は素知らぬ顔で、背後を通りすぎた。市之丞は二度三度と、木戸を叩いていた。

約束をしてあったのに迎えがいないとは無礼なりと、腹を立てているのは叩き方で分かった。

「どなたですぅ。店は閉めましたので、また明日のお越しを」

女中の声に、市之丞は声を荒げた。

「南町の、蜂山である。開けんか、女中」

中から木戸が開き、女中がしきりと頭を下げた。

どけ、とばかりに市之丞は女中を押しやり、勝手知ったる池田屋へ入っていった。

小山國介は命じられたとおり、伝えたようである。頓馬も役に立つものだと、三十郎は強張る顔で微笑んだ。

なにかの行きちがいと、市之丞が帰ってしまってはなんにもならない。三十郎は小走りで池田屋の表にまわった。

「ん……」

表口の木戸は閉まっているものの、潜り戸が開いている。

出てくる者でもあるかと、三十郎は立ち止まった。が、人の出入りする様子のないまま、ひっそりとしていた。

大店の問屋にしては、不用心にすぎる気がして近づいた。

店の中から、声が聞こえた。

「そのような話、寝耳に水ですな。手前どものほうこそ、困っておりましてね。お帰りくださいまし」

「おまえさんじゃ、話が分からねえ。旦那を出していただけませんか……」

商売話が込み入ったことになっているのか、やって来た者と番頭が喧嘩腰になっているようだ。

三十郎はとんだ邪魔者がと、おのれの仕掛けが水の泡になりそうなのを案じた。といって、中に入るわけにも行かず、敷居を跨ぐ機会をさぐるべく耳をそば立て、潜り戸口に身を寄せた。

「痛くもない腹をさぐられちゃ、迷惑だ。うちは太物問屋として名の知れた池田屋です。看板に傷をつけようてぇなら、訴えますよ」

「そんなつもりはありません。ただ、ほんとうのことを知りたいだけなんです」

「ほんともなにも知らないって言ってるじゃねえか、おきぬなんて女のこと」

女の名それもおきぬと出たのと、やって来たらしい男の声が王子村の植木屋のものだと気づいた三十郎は、店の中へ足を踏み入れた。

「だ、誰ですっ」

番頭は浪人を見て、声を上げた。

腰に二本差しているのは木剣だが、薄暗い中で大小に思えたのだろう。

「王子村の植木屋、次郎吉さんだよな」

「へ、へい」

次郎吉は名を当てられ、わけが分からなくなったようだ。が、番頭は見るからに乱暴そうな侍があらわれたことに、尻餅をついた。

「助っ人を連れ込み、お、脅しに来たのかいっ」

悲鳴となったことで、奥から主(あるじ)とおぼしき男が顔を出した。

「善六(ぜんろく)、なにを騒いでます。ご近所に聞こえるじゃないか」

「だ、旦那さま。用心棒を伴った者が、脅しに——」

「強請(ゆすり)か。小判の一枚でも出し、帰ってもらいなさい」

徳松の父親にしては、肝(はら)の据わった男のようだ。団子鼻と目つきが銭くさいが、あごの丸いところや口元がよく似ていた。

三十郎が考えていた筋書きどおり、主人が銭で帰せと言ってくれた。

ここで一両小判が土間に放られたら、三十郎はそれを蹴り諸肌を脱ぐと絵になるのだが、やはり桜を彫るべきだった。さて次はと頭をめぐらしたとき、次郎吉が声を張った。

「女房おきぬを、知らないはずはない。うちの職人が、なんども江戸に足を運んで調べているんだっ」

「うちの職人というのは、やくざ者かね。どこのお人か知らないが、勝手な思い込みは迷惑というより聞き苦しいばかり。善六、台所から塩を持っておいで」

「出るところへ出て、話しますっ」

「奉行所というのなら、ちょうどいい。南町の与力さまが、来ていらっしゃる」

太郎兵衛のことばに呼応し、蜂山市之丞が内暖簾を押して出てきた。

三十郎の筋書きが、はまった。

「どのような無理強いを、申しておるのだ。強請にしては、手が込んでおるようなな……」

市之丞は浪人の用心棒を見ても、腰を引かずにいた。

——剣術の腕に、自信があるのか……。

こちらの腕が鳴ったわけではなかったが、当節の役人の腕が大したものではないと聞かされていた三十郎だった。

——こっちが負けるようなら、それはそれで認めてやるか。

肚は決まった。筋書きどおりとは行かないまでも、素姓をばらすときが来たようである。

三十郎は一歩前に進み出ると、片肌を脱いだ。彫物ではなく、木剣を使うには袖が邪魔なのだ。

「おう、蜂山。役所帰りに大店に立ち寄るとは、どういう了見だ」

浪人が与力を名指した。いったい何者かと、市之丞は目を細めた。

「分かるまいが、おれだよ。同じ南町の、紅さ」

「あ、あっ」

「おどろくものでもあるまい。おぬしの怪しい動きが、気になって調べておったのだ……」

「紅どの。怪しいというだけでは、罪とは申しかねましょう」

「左様。尻尾が摑めぬ」

「でござろう。拙者が今夜ここへ参ったのも、太物の商いに支障が生じ、池田屋と膝を交えて相談を致しておったのです」

「膝を交えるとは、小判のやり取りを申すのか」

三十郎は言ったなり、木剣を払って市之丞の袂を薙いだ。

チャリン。

小判の五枚ほどが、畳に落ちた。勘が当たった。

「裕福な与力見習にしても、多すぎやせぬかな」

「これは料理屋にたまっておった勘定を、払いに行くための――」

「料理屋の名は？　親子揃っての吝山が、つけをするほど飲み食いするとは思えねえ」

「お役人さま。これは手前が払いをするためのものでして、蜂山さまが近くへ参るついでがあるからと、お預けしておりましたのでございます」

池田屋が、すかさず助け船を出してきた。

「なれば、そういうことにしよう。いま一つ、大川にて土左衛門となった女ふたりについて聞かせてくれぬか、植木屋」

次郎吉に向かい、三十郎は訊ねた。

「はい。おきぬが失せて以来、いても立ってもいられなくなり、職人たちにおきぬの居どころをさぐらせておりました。それがあの日、阿部川町の紅梅長屋にいるところを、うちの若い者が見つけたのです」

それまではここの池田屋をはじめ、勤めていた吉原の見世、遠く安房の村までさぐっていたが駄目だったと語り、あの晩のことはとつづけた。

「おきぬを見つけた者は、わたしの言いつけどおり、黙って尾けたのです。そこへ婆やのおふでまであらわれたのでした。そして大川端で、女ふたりが突き落とされたのを見たと――」

蜂山市之丞を見て、次郎吉は話を終えた。

「作り話だ。拙者はこの目で、ふたり揃って身を投げるのを見た。突き落としたのなら、船番所に駈け込んだ拙者が、助け舟を出せなどと申すものか」

若い職人なんぞのことばなど、信用できないと市之丞は太鼓腹を揺すった。

三十郎は池田屋太郎兵衛に向かい、奉行所には暗黙の掟（おきて）があると重々しく口を開いた。

「奉行の裁可なく、与力ひとりが商家に出向くのは禁じられておる。見当がつくであろうが、賄賂（まいない）の罪が着せられてな」

「手前どもは、一文も――」

「で、あってもだ。疑われては元も子もなかろう。今そこに散る小判も、この俺の口から袖の下があったと具申致せば、池田屋は身代限り。主人のおまえは、半年ほども入牢（じゅろう）せねばならなくなる」

「馬鹿げております。どうでも袖の下を渡したと仰言（おっしゃ）りたいのなら、五両を持っておられただけの蜂山さまはどうなります」

太郎兵衛は顔を赤くして、言い募った。

「ところが、蜂山も与力でな。いま俺が申したのと同じで、池田屋が袖の下を無理やり入れてきたのひと言で通る」

「そんな、非道きわまりない話ではありませんかっ」

「元より役人とは、非道さ……」

「ご政道ですか、それが。死んだ女房は――」

次郎吉が声を上げたので、三十郎は市之丞を見込んだ。

「蜂山。王子村の植木屋が吠えておる。訴えそうだぞ」

「濡れ衣を着せられておるのなれば、お奉行は取り上げられぬでしょう」

薄笑いの市之丞へ、三十郎は木剣を放って真顔になった。

「おきぬ、おふで、そしてこの次郎吉の三人を、おれはよく知ってる。まちがいや失敗は多少あったろうが、狡いところがまったくねえ。おまえとちがってな」

三十郎は腰にある木剣を手に取ると、庭に出ろとあごで命じた。

「――、どういうことです。かようなところで、剣術の稽古を」

「突き落としたとの裏付けすら取れねえし、おまえはやってないと白を切る。その腐った性根を、叩き直そうってんだ」

「これはまた、結構なご鞭撻でございますな。木剣を構えて打ち合うことになりますが、よろしいので？」

「竹刀で叩くだけでは折檻となり、本身では斬り合うことになる。これなれば、互いに反省を促せる」

「紅さまは内勤であられたよし。ご存知なかったかもしれませんが、八丁堀道場は実践向きの厳しいところでございますぞ」

市之丞は自信たっぷりに、襷を掛けはじめた。

四

大店の裏庭といっても、かなりの広さがあった。が、思ったほどに暗くないのは、浅草の繁華な街灯りが届くからだろう。

「手加減をいたしましょうか、それとも止めますか」

木剣を手にした市之丞は、落ちつき払って足袋跣となった。

三十郎は千葉周作が気に入ったという草履のままでいることにした。それを見て、市之丞は片頬を弛めて声を放った。

「参ります」

市之丞は青眼に構えた。

相対する三十郎は木剣を手にした右腕をゆるやかに垂らし、一歩踏み込んだ。

が、隙があるように見せかける市之丞に、乱れはない。その足元に、母屋へつづく飛び石があった。

雲を払った月明かりが、真昼のように辺りを照らしはじめた。

市之丞はゆっくりと青眼から上段へと、構えを移した。

武州秩父の代官所に道場はなかった。代わりに、三十郎は素振りだけを繰り返す毎日を送っていた。実戦向きではなかったことではある。

勝ち目は薄いかもしれないが、死んだ女ふたりのために勝ちたかった。

相手の太い体には力が漲り、地面に立つ両足は柱のように見えた。

「いかがされましてか、紅どの。今夜のことはなかったとして、帰りませぬか」

「…………」

三十郎はじっとしたまま、言い返さなかった。

「草履も脱がぬようでは、足が捌けませぬぞ」

「…………」

対峙しつつ、ひたすら市之丞が動きだすのを待つことにした。

どれほどが過ぎたろう。相手が焦れはじめた。

「きえっ」

脳天から絞りだすような声を上げた市之丞が、上段に翳していた木剣をふり降ろした。

その刹那、三十郎は垂らしていた木剣を、相手の眉間めがけて投げつけた。

「うっ」

市之丞の目の下にある黒子をめがけて投げた木剣の切っ先が、右眼を打ち抜いたまま抜けずに刺さっていた。

片膝から落ちると、激痛に声を上げず転げまわった。

秩父での素振り稽古が、実戦の道場に勝ったのだ。

三十郎の頭上に振り下ろされた木剣は手から放れ、池田屋の板塀を割っていた。

池田屋の主従が腰からへたり込んでいるのを見返し、三十郎は柄にもなく温かなことばを掛けた。

「お医者をな、呼んでやってくれると助かる」

「は、はい」

裏木戸から出た三十郎は、今さらながら八丁堀の実戦稽古がかたちだけでなかったことに喜んだ。

おのれの腕を過信していたのではないが、世襲の町方は稽古などしていないであろうと見くびっていたのである。

千葉周作が好んだ草履もまた、庭の踏み石をしっかり摑んでくれたようだ。

見上げた月は、また雲に隠れていた。


翌朝、南町奉行所から三十郎へ、呼び出しが掛かった。

役人同士の私闘が、お構いなしで済まされるはずはなく、いよいよ浪人かと覚悟した。

門番に治平がいたことで、浪人姿でも難なく通れた。

「お役目、ご苦労さまにございます」

「今日は静かなようだが、いつもとちがうことでもあったか」

「死びとが、運ばれておりますのです」

目を伏せながら、治平は小さな竹藪となっている北庭を見つめて、行って見て下さいと言う。

こちらは叱責される身にあり、それどころではないと思いつつ、嬉しくないことは先送りにするかと北庭へ向かった。

早桶（はやおけ）が二つ、蓋（ふた）が晒布（さらし）に巻かれて並んでいる。その脇に男が二人、うつむいていた。

　徳松と次郎吉だったので、早桶は大川で死んだ女たちと知れた。

「おまえたちは、なぜここに？」

「紅。早かったな」

　代わりに答えたのは内与力の高村喜七郎で、叱責しそうには見えず、三十郎は首を傾げた。

「高村さまは、わたくしへ――」

「おう。この二人が、おまえなればと名指したのだ」

「名指しと申されますと、いかなることの」

「一昨日の仏を、荼毘に付さねばならぬ。ところが次郎吉が、ふたり一緒にと申してな」

　おきぬとおふでは、死ぬ間際に母子ほどの主従になった。引いては、同じ墓所に弔ってやりたいと願ったという。

　三十郎にも次郎吉の思いが分からなくなかったのは、おふでの境遇を知っていたからにほかならない。

　無縁仏とされて葬られる先は千住の回向院で、罪人と扱いが同じだった。であるなら次郎吉の菩提寺へともに、となったようだ。

「わたくしも、それがよいと思います」

「そこでなのだが、紅の肩を貸してもらいたいそうな」

「肩と申しますのは？」

「早桶の一つを、おまえが担ぐ」

「はぁ？」

内与力の喜七郎は笑って、三十郎の尻をピシャリと叩いた。

「蜂山との私闘、聞かなかったことにしてある」

「……。その蜂山はどうなりますか」

「いずれ養生のため下総の在に、引きこもるそうな。今はまだ、医者のところだ」

「隻眼では町方の務めが、という理由で辞すので」

「一応はな。聞くところでは、田舎侍に一本取られたのを恥じてのことらしい。

それと、徳松の実家は店をたたむとの届けがなされた」

「先手を打ちましたか、商人は」

「なんのことやら拙者には分からぬが、おまえは担いでやれ」

茶毘は千住の火屋という。浪人姿なら道往く者は気にも止めないと、喜七郎は笑った。

「裏門から出ろ」

立ち上がった徳松が、奇妙な物を腰に巻いている。

三十郎がなんであろうと目を凝らすと、次郎吉が真顔になって言った。

「おきぬの、というより朝衣が着けていた友禅の、腰巻です」

朝衣の名が出ると、徳松は目を真っ赤にして泣きだした。

「徳さん、さぁ行くぜ」

後棒となった次郎吉が、徳松をうながした。

「はい」

早桶に通した長柄の棒へ肩を入れた徳松だが、足はふらついていた。

「しっかり致せっ」

声を掛けたが、足元は定まらなかった。

一方の老婆が入った早桶は、三十郎と植木屋の弟子が担いだ。ひとりでも担げそうなほど、軽かった。

――おふで。死んでようやく、人並の扱いになったな。成仏しろよ……。

コスミック・時代文庫

やさぐれ長屋与力（ながやよりき）
剣客 三十郎

2023年6月25日　初版発行

【著 者】
早瀬詠一郎（はやせえいいちろう）

【発行者】
相澤　晃

【発 行】
株式会社コスミック出版
〒154-0002 東京都世田谷区下馬 6-15-4
代表　TEL.03(5432)7081
営業　TEL.03(5432)7084
　　　FAX.03(5432)7088
編集　TEL.03(5432)7086
　　　FAX.03(5432)7090

【ホームページ】
http://www.cosmicpub.com/

【振替口座】
00110-8-611382

【印刷／製本】
中央精版印刷株式会社

ISBN978-4-7747-6480-1 C0193